U0904234

# 吴姐姐讲历史故事

吴涵碧◎著

明

1368年～1644年

新世界出版社
NEW WORLD PRESS

杨继盛（1516 年～ 1555 年），选自《历代名臣像解》。字仲芳，河北容城人，自幼苦读，22 岁中进士，娶张氏，两人闲暇时，男吹箫，女低唱，美满和乐。时俺答侵边，明廷开马市，以羁縻俺答，杨继盛上书反对，贬逐甘肃。到任后，杨继盛夫妇典卖首饰车马，助贫困孩童上学，当地人尊为“杨父”。严嵩见杨继盛有官声、有才华，有心罗致，数月之间，升官四次，杨继盛虽蒙拔擢，仍毅然上书言严嵩大罪，严嵩恼羞成怒，将他下狱杀害。杨继盛刑前留有绝笔：“浩气还太虚，丹心照千古，生平未报恩，留作忠魂补。”

——见《杨继盛争取读书机会》，第 76 页。

* 图注内容皆出自《吴姐姐讲历史故事》——编者注

海瑞（1515 年 ~ 1587 年），选自《历代名臣像解》。号刚峰，海南人，自幼丧父，受教于母，自小钦慕包公，立志成为清官，36 岁中进士，历任地方、中央官职，一生清贫，致力于安抚穷困，打击豪强，极有政声。为地方官时，为维系公道人心、民众利益，数次顶撞上官，百姓依为父母，称“海青天”。时世宗昏愦多暴，政治紊乱，百姓困苦，海瑞为警醒世宗，冒死直言，由于用笔极为锐利，世宗先是大怒，继而痛苦反省，最后终将海瑞下狱。世宗临死之际，念及海瑞忠贞，将其释放。

——见《海瑞顶撞御史》，第 123 页。

朱厚熜（1507 年～ 1566 年），明宫廷画家绘。即明世宗，明代第 11 位皇帝，15 岁时以武宗堂弟身份入继大统，初时杨廷和执政，政治颇有一番新气象，之后因大议礼事件，杨廷和削职，贞干之臣多有贬逐，又迷信道教，奸佞夤缘而入，政治日非。他在位的 45 年间，代表明朝由中兴到逐渐衰落的阶段，至晚年，海瑞上奏时，称“嘉靖嘉靖，家家干干净净”。极言天下穷困，世宗有所悔悟，但为时已晚。

——见《海瑞无罪释放》，第 138 页。

戚继光（1528 年～1588 年），选自《历代名臣像解》。字元敬，山东登州人，出身军人家庭，袭父职入伍，初任指挥佥事，以保卫国家自许，只顾练兵读书，利害得失，全不予计较。1556 年，戚继光调任浙江，见倭寇横行，官军怯弱，乃着意搜选，组建起一支勇猛善战的军队，亲自教以器械阵法，与倭寇战于浙、闽、粤沿海诸地，历十余年，大小八十余战，终于扫清倭寇之患，后世誉为民族英雄，称其所领军队为“戚家军”。

——见《戚家的教养》，第 145 页。

三娘子（1550 年～1613 年），清康涛绘。明代晚期蒙汉关系当中重要人物。史传她浓眉大目，笑靥如花，是瓦剌出众的美女，为俺答汗之孙把汉那吉所得，后归俺答汗，把汉那吉愤然投奔明廷，差一点引起两国兵争。这一事件当中，三娘子力主与明廷和谈，又助俺答汗履行协议，开展互市。俺答汗死后，三娘子一直掌握大权，交通明廷，蒙汉因之和平安宁三十余年，明廷封她为一品“忠顺夫人”，蒙汉人民对她深有怀念。

——见《美女三娘子》，第 200 页。

朱翊钧（1563 年～1620 年），选自《乾隆年制历代帝王像真迹》。即明神宗，穆宗子，明朝第 13 位皇帝，在位 48 年，是明朝在位最长的皇帝。10 岁时登位，一切政事决于名相张居正，政治颇有起色，20 岁时亲理政事，一度励精图治，后期因与文官集团发生矛盾而致罢朝 30 年，晚年社会矛盾加剧，东北女真兴起，因而种下明代灭亡之因。

——见《明神宗调制辣面》，第 227 页。

# 目录

# 说真话与打屁股

明世宗经年累月的祈求神仙，迷信扶乩（jī）与祥瑞之事，每天过着昏昏沉沉、自我陶醉的生活，自然没有心情处理国家大事。但是，如果哪一个臣子胆敢出来表示反对的意见，明世宗一定大大的发威。

可是，中国历史上，就是有那么多读过书、热爱国家的知识分子，明明晓得说出来的话皇帝不爱听，而且后果严重，却还是不顾一切地说真话。

嘉靖二十一年（1542 年）秋天，明世宗听信方士陶仲文的话，建一个“祐国康民殿”在太液池西边。工部员外郎刘魁（kuí）认为，这又是劳民伤财的事，他决心站出来劝阻。

明世宗是个很专断的皇帝，他两只眼睛仿佛站立起来，眼中喷着火道：“这个小子莫非不要命！”

旁边的太监说：“似乎是的，刘魁已经先买好了一口棺材准备放尸体。”

明世宗更生气了：“没这么容易让他轻易死掉，先廷杖再说。”所谓的廷杖，廷是朝廷，杖是用杖打人，意思是说在朝廷之上打屁股。在明朝之前的皇帝偶尔脾气一发，会当场打屁股。到了明朝开国帝王朱元璋，因为他有强烈的自卑感，生怕别人嘲笑他是和尚出身，经常使用廷杖。无论多大的官员，只要皇帝一不高兴，立刻拖下去毒打，打死也是活该。

明世宗，选自《乾隆年制历代帝王像真迹》。

通常的情形是，司礼太监监视，拿棍子打人的则是锦衣卫的校尉，例如文穆曾经被打八十棍，记忆深刻，他曾写下亲身经历。

司礼太监大声喝道：“带上犯人来！”底下千百人大声呼应：“带上犯人来！”声震屋瓦。文穆被带上来，太监大声宣布：“着着实实打八十棍，每五棍换人。”也就是说一共换了十六个人打屁股。打的时候，一个人抓着文穆两只脚，不得动弹；头朝地，吃了满嘴灰尘。

明太祖朱元璋火气很大，常常在朝廷上打人屁股，当场把人打死。当时官员每天上朝，都与妻子儿女话别，交代遗言；谁也料不准，今天上朝，皇帝老爷会不会大发雷霆，当场打人，甚且打死人。到了晚上，官员若是侥幸回到家，又与妻子儿女抱着头痛哭流涕：“唉，又多活了一天，该庆祝庆祝。”谁也料不准第二天的事。

在明宪宗以前，除了明太祖朱元璋下手特别重外，多半还会用厚厚的棉布盖在屁股上，然后再打。被打的人，多半也事先知道，先服一些药。即使如此，这几十棍，结结实实打下来，也得在床上躺几个月。

有一个叫姜贞毅的被打惨了，整个人昏厥过去，怎么也醒不过来，姜家的人十分着急。

有人说："听说喝人尿可以醒过来。"

姜妻对小儿子说："赶快去撒一泡尿来救父亲。"

尿端来了，姜妻努力把尿灌到姜贞毅口中，也许是尿骚味太恶心了，姜贞毅手一推，人就醒过来了。

家人好开心，找了姓吕的名医来看诊，"嗯，还好，受伤的淤（yū）青痕迹没超过膝盖，应该可以救活。我先用刀把打烂的肉割掉，你忍耐一下。"说着，吕医生就动手割伤。后来，姜贞毅人是治好了，却也成为一拐一拐的残废了。

被打的人是死是活，就得看锦衣卫下手是轻是重；锦衣卫手下是否留情，就看司礼太监的指示。

司礼太监与锦衣卫之间有个默契（qì），据明朝《万忠贞传》中的记载，例如司礼太监的两只靴尖成外八字，锦衣卫下手就轻一些；假如两只靴尖向内一收，那么，休想活命了。

不过，碰到明世宗，就算司礼太监想网开一面，做做好事也办不到。明世宗经常自己问案，自己监刑，锦衣卫不得不努力执行任务，因此杨言的手指少了一根；张选更惨，锦衣卫为了讨皇帝欢心，竟然打断了三根木杖，张选被打得皮开肉绽，活活被打死。

尽管明世宗如此凶狠，照样有不怕死的朝臣批评朝政，尚书杨爵就不止一次上书，劝谏皇上不要迷信扶乩之事。世宗下令逮捕，打得血肉横飞，在牢中关了七年，最后杨爵仍然心平气和地说："这是我该做的事。"

因为说真话，反而挨了打，甚且送了命，这些知识分子总是在想：也许因为我的真话，终于让皇帝良心发现，改正缺失。因此，冒着生命危险站出来说话，他们是可敬可佩的，代表着中国历史上高贵的灵魂。

# 陈皇后吃醋

明世宗非常孝顺母亲，这一辈子，他把所有的爱给了母亲，对于其他女人，明世宗是相当冷酷的。他前后立了三个皇后，三个皇后的故事都很凄惨。第一个皇后姓陈，她是明世宗嘉靖元年（1522年）立的皇后，进宫之时只有十六岁。

明世宗是以明武宗堂弟的身份继承皇位，这件婚事是由武宗的母亲张太后一手策画挑选。由于世宗讨厌张太后，他心目中只有亲生母亲蒋太后。因此，连带的对于陈皇后，他也极其反感，东挑西嫌。

所以两人结婚了七年，陈皇后才传出怀孕的消息。嘉靖七年（1528年）九月里，明世宗与陈皇后坐在乾清宫中，明世宗板着一张死鱼脸，嘴巴闭得紧紧的，突然之间，他开始朗声大笑，原来是张妃与方妃捧着茶进来了。

张妃生得十分圆润，长长睫毛之下盖着一双大眼睛，真是又美又媚。方妃脸蛋秀丽，窄窄细细的腰肢袅袅婷婷，明世宗为了气陈皇后，故意站起身来，让两位美人儿一左一右坐在身边。

明世宗常常奚落陈皇后："瞧你的手，又黑又粗还长毛，好难看。"他总在陈皇后的手上做文章。这一会儿，他捧着张妃的手，笑眯眯道："嗯，又柔又香又滑，让朕亲一个。"

一会儿，明世宗又拿起方妃的手仔细端详，在脸上摩来摩去，并且一双眼睛不断飘向陈皇后，似乎想把她气死。

陈皇后被冷落一旁，望着三个人，纠纠缠缠笑作一团，她知道，明世宗也不爱张妃、方妃，他就是存心让皇后难堪，他用整陈皇后来报复张太后。

明世宗陈皇后，明宫廷画师绘，台北故宫博物院藏。

陈皇后眼泪一直在眼眶里打转，七年来累积的委屈涌上了心头，她心想：“毕竟我才是母仪天下的正宫娘娘啊。”她决心为自己讨回公道。

陈皇后用力地“咳”了一声，没人理睬，于是她一下子站了起来，把茶杯往茶几上重重一摆，表示抗议。

明世宗天性严苛，他也重重地把茶杯一搁，指着陈皇后，恨恨地说：“朕问你，七出是哪七出？”

所谓七出是古人休妻，也就是离弃妻子的七种原因，只有男人可以休妻，女人只能被休。

陈皇后吓傻了，一面抹眼泪，一面抽抽泣泣道：“第一是没有生子，第二犯了淫乱罪，第三是不侍奉公婆，第四是长舌搬弄是非，第五是盗窃，第六是妒忌，第七是生恶疾。”

“嗯，背得不错，朕问你，你是犯了什么罪？”明世宗眼中冒着熊熊火焰。

“我，我妒忌。”说着，陈皇后放声大哭，哭明世宗的无情，哭自己让张妃、方妃看笑话，更哭担心皇后位子不保，又惊又吓又恼又怒的心情激荡之下，陈皇后瘫倒在地上，流了一地的鲜血，原来陈皇后血崩了。

御医赶来了，叹了一口气：“没办法，孩子保不住了。”

陈皇后喃喃道：“完了，又犯了七出第一条：无子。”她好不容易才怀孕，现在，整个人生还有任何指望吗？接下来，恐怕只有打入冷宫了。一刹那之间，陈皇后完全丧失了人生的希望，她不吃、不喝、不睡，只是哭。她不晓得自己到底做错了什么，上天要她如此的受折磨。

陈皇后的父亲陈万言听说女儿病危，心中着急万分。陈老夫人更是吵着非进宫见女儿一面。

明世宗却不答应，他的理由是：“外戚怎能随便入后宫？假如今天以探病为理由，其实却窥伺（kuī sì）朝廷，朕可不能中计。再说，皇宫之中岂会没有良医妙药，还需要什么亲人探视，朕绝对不能放纵外戚入室，否则，朕将如何向后世交代？”

明世宗的话，简直不近人情，皇后病重，女眷探视，这是常有之事，怎么会是“窥伺朝廷”？陈皇后在病榻上，听到这个消息，想到自己身为皇后，连亲妈妈都见不到一面，明世宗自己晓得爱妈妈，为何不能想到别人也想妈妈？她痛苦又难过，一个月不到就撒手人寰（huán），才只有二十三岁。

明世宗一滴眼泪也没掉，用不合乎皇后下葬的礼仪葬了陈皇后，他还对大学士张璁（cōng）说：“君子所配，必求淑女，何况国君。上次婚姻，是宫中久恶之妇作主。”这个久恶之妇指的是张太后，他因为不满意张太后，赔上陈皇后一条小命，实在是很残忍。

# 张皇后与蚕宝宝

明世宗孝顺亲生母亲蒋太后，讨厌武宗的母亲张太后，因此，张太后挑中的陈皇后，等于是死在明世宗的手中。

陈皇后死了不到一个月，就由蒋太后挑选了一位张皇后。张皇后实在长得不漂亮。蒋太后还是有婆媳争宠的心理，她可不愿意找一位美丽的媳妇，蒋太后的理由是“这位姓张的性情柔顺，举止大方”。

明世宗是一个听话的儿子，妈妈这么说，他就照办，他先是有点遗憾地说：“宫中这么多美人儿，挑了如此不起眼、平平凡凡的普通女子。”一会儿，他又自我吹捧起来：“由此也可以向天下人证明朕是爱德不是爱色，可见前面的陈皇后是因为失德而死。”

张皇后战战兢（jīng）兢，小心害怕地当起皇后。她尽量不开口，不说话，不管明世宗说什么，她一律点头称是，充满了畏惧的眼神，一点也不像一个皇后娘娘，倒像是一个可怜的小媳妇。

但是，就算小可怜如何委曲求全，她还是命运悲惨。

明世宗的花样很多，他性格小器，喜欢钻牛角尖，愈钻愈深。他对于祭典有兴趣，不论是郊祭、祭孔夫子、祭祖先，都要再三研究讨论细节。

嘉靖九年（1530 年），一个拍马屁的夏言，为了揣摩上意，建议在皇宫中养蚕宝宝。明世宗觉得有趣，下令礼部：“古代天子亲自种田，皇后亲自养蚕，劝导天下勤劳，朕与皇后也准备自今年开始做。”

农家务蚕桑，选自清《耕织图册》。

许多小朋友摘过桑叶，养过蚕宝宝。明世宗是个不嫌麻烦的人，他养起蚕来，规定一大堆。例如要建立蚕坛，设计特别采桑叶的器皿，皇后得先吃三天素；到了桑坛，得先“迎神四拜，赐福二拜，送神四拜”。拜得头昏脑胀；采桑叶时，得注意方位，不能弄错。整个仪式竟然需要调集一万军卫，全程不能出一丝一毫差错。

张皇后每次亲蚕礼之后，总是汗流浃（jiā）背，即使冬天也是一样，因为她流的是害怕的冷汗，整个过程之中，她一直提心吊胆，万一出了什么差错，谁知道明世宗会发如何的脾气。亲蚕礼之后，明世宗又弄了一个治茧礼出来，张皇后又得赴织堂监造制祭服，又是一堆麻烦仪式。

张皇后知道明世宗厌恶张太后，因此前一位陈皇后由于是张太后挑选的，这才倒了大霉。可是，张太后是一个善良、老实、可怜的人，她忍不住同情张太后。

张太后本来就惹明世宗嫌，加上她有两个不成材的弟弟张延龄与张鹤龄，贪赃枉法，不停地出状况。嘉靖十二年（1533 年），明世宗把张氏兄弟抓到刑部，拷打问案，发现了一连串“违法建造园林、杀婢女”等罪名，这些罪，说大不大，说小不小。明世宗逮住机会，居然下诏，把张延龄处死，革去张鹤龄的爵号。明世宗是存心报复，让张太后难过。

刑部尚书聂贤站出来讲话，他说："希望看在张太后面子上宽免。"明世宗就是因为张太后才定罪的啊，所以他下令："聂贤不奉公守法，罚俸半年。"

明世宗又准备以张延龄谋反的罪名，把张氏家族一起灭掉，大学士张璁出来讲话："张太后年事已高，不要这般打击老人家。"明世宗更生气了。

张太后急哭了，她想向蒋太后求情，怕被拒绝，这时恰好明世宗第一个儿子出生，整个朝廷欣喜若狂，张太后请求入贺，世宗不准。

张太后贵为太后，丝毫没有受到尊重，想当初，还是她作主让世宗入继皇位的啊！她心中难过极了，拉下了老脸，跑去求见张皇后。张太后拉着张皇后的手，没法子开口说话，只是一直哭，边哭边咳嗽，张皇后好生不忍。

哭了半天，张太后终于止住了，她对张皇后说："你一向知书达礼，现在张家就靠你了。皇帝大概也只能听你的话。"

"我，我岂有办法？"张皇后着急得摇手，她看到世宗，真像老鼠碰到猫，她从来也不敢向他开口请求任何事。

张太后又开始哭，吓得张皇后说："好，我想个办法。"

不料，张皇后婉转地一开口，明世宗立刻下令："将皇后的冠服脱掉。"内臣把张皇后的冠服脱掉之后，明世宗竟然拿着鞭子抽打张皇后："你是蒋太后挑的皇后，居然帮张太后说情！"打完之后，贬入冷宫，两天之后被废，三年之后死于后宫。明世宗爱亲生母亲，因而仇视其他女人，这样的爱好可怕啊。

# 方皇后报告学习心得

明世宗相信，世界上只有他亲生母亲蒋太后才真正爱他，其他人都是冲着皇帝这个位子利用他。

明世宗第三个皇后方皇后，貌美多才，方皇后看到前面两个皇后的下场，几乎想对明世宗说："算了，我还是当我的皇妃，安安稳稳过日子。"

方皇后谨记前面两个皇后的教训，一天到晚闭紧嘴巴，与张太后保持远远的距离。方皇后够美了，但是明世宗很贪心，不停地找来更多美女。他是明朝后宫妃嫔最多的皇帝，方皇后当然不开心，表面上却表示多多益善，美女愈多愈好。

明世宗身边全是美人儿，他却一个也不爱，而且全部不相信，他只相信他的母亲，他要尽一切力量报答母亲，同时打压张太后，明世宗的爱与恨同样炽（chì）烈。

嘉靖七年（1528 年），明世宗为蒋太后上了一个尊号"章圣慈仁皇太后"，并在九年（1530 年），大张旗鼓把蒋太后所写的《女训》刻印出书。所谓女训，不过是女人应该三从四德，以夫为天的老掉牙训话。明世宗把它当成宝贝，自己亲自写了一篇序文，同时下令，把《女训》、《明太祖马皇后传》，以及明成祖徐皇后的《内训》三者一起颁行天下，他希望蒋太后能因此流传后世。可惜，蒋太后毕竟没多少学问，内容空洞的《女训》一书在后代没有得到重视。

不过，在当时，蒋太后可是过足了瘾，三不五时，方皇后得率领嫔妃，一块儿到蒋太后跟前听讲。

蒋太后年纪大了，乡音又重，讲起话来，反反覆覆、再三啰嗦，反正说来说去，永远是那一套："男人是天，天是高高在上的；女人是地，地应该是卑屈在下的。"蒋太后也不忘再三告诫："自古以来，国家的兴衰，就在于皇帝背后的女人是否贤德。"说着，蒋太后总是狠狠地盯着方皇后看。蒋太后喜欢面前一个外貌平凡的张皇后，眼前的方皇后太美了，美得让这个婆婆打心眼里讨厌。

方皇后心中不以为然，她心想：皇帝不上朝与我等无关。这话她可不敢开口，只是眼睛呆呆望着蒋太后，蒋太后讲一句，方皇后就点一下头，装成一副心领神会、非常欣赏的模样。

课上完了，方皇后还得率领妃嫔在坤宁宫报告学习心得，这也是一件苦差事，方皇后总是第一个带头说："太后讲得太精彩了，我十分佩服。"

接下来张妃说："我了解三从是女子未出嫁之前听父亲的，出嫁之后听丈夫的，丈夫死了之后听儿子的。"

李妃又接着发言："四德就是妇德、妇言、妇容、妇功，妇人应该要有德行，有美貌，慎言语，会操作家事。"

方皇后对此十分不耐烦，只好逆来顺受，没多久，翰林院一些拍马屁的官员上奏，建议把蒋太后的《女训》编成诗歌，又编为乐曲，讨明世宗的欢喜。

明世宗立刻答应，于是，方皇后与妃嫔，日日夜夜泡在蒋太后的《女训》之中，觉得整个人快要窒（zhì）息了。

嘉靖十五年（1536 年），明世宗担心母亲长住宫中，十分愁闷，决定搀着蒋太后去散散心。谒（yè）陵之时，明世宗跪在母亲大人的左边，方皇后率领妃嫔，跪在蒋太后的背后，蒋太后威风凛凛，十分神气。

西湖柳艇图，宋夏圭绘。

回到宫中，蒋太后仍讲个不停，显然游兴不浅，意犹未尽。

明世宗突生一念：“不如我们去游西湖。”

“好哇！”蒋太后一口答应。

西湖好美，群山环绕，云雾缥缈，明世宗扶着蒋太后沿着北岸，到了著名的灵隐寺，在虎跑寺逗留了一会儿，观赏名泉，喝喝好茶，蒋太后对于女太太们有兴趣的精美小食、丝绸、香扇、刺绣赞不绝口。

接着，明世宗陪着母亲大人泛舟西湖，欣赏岸边柔草，湖面风光。明世宗说：“苏东坡曾有名句，欲把西湖比西子，淡妆浓抹总相宜。意思是说，把西湖比喻为中国古代的美女西施，不论浓妆淡妆，永远是那般美丽。儿也写了几首诗，不比苏东坡差。”

于是，明世宗就一首接着一首念。他的诗实在不高明，反正蒋太后也不懂，儿子写的当然是最好的，呵呵呵笑个不停。

方皇后也想泛舟，但是接触到明世宗冰冷无情的眼光，她吓得直打哆嗦，完全不敢吭声。

# 蒋太后与张太后

在明世宗心目中，“世上只有妈妈好”，唯有母亲对他的爱是真情，其他人全是虚情假意。除了母亲以外，他不相信任何人，也绝对不愿意对任何人付出感情。

明世宗的母亲蒋太后每次母子同乐之时，总是长长叹一口气：“要是你父亲还健在，看到儿子当了皇帝，不晓得该有多么高兴啊！”

明世宗的父亲兴献王过世得早，四十四岁就撒手人寰（huán），这是明世宗心中最沉痛的创伤，他老是自责，没有尽到人子的责任，世宗哀叹之余，只有安慰老母道：“现在宫里有这许多方士，炼制各种长生不老的丹药，至少老天保佑，我们母子两人可以天长地久、永永远远相爱相守在一块儿。”

话虽如此说，蒋太后大病小病没有断过。嘉靖十六年（1537年）春天，孝顺的明世宗陪着母亲游过西湖之后，蒋太后的身体愈发不对，明世宗一天到晚捧着各种丹药服侍母亲，似乎不见起色。

有一天，明世宗突生一念，也许让母亲回湖北安陆老家去住一段日子，心情开朗身体就健康了。明世宗把这个意思告诉朝臣，朝臣都晓得明世宗是个孝子，老母亲要是回到湖北不想回来，皇帝大概也就不回京了。因此不得不好言相劝：“太后目前正在养病之中，恐怕禁不起长途的颠簸（bǒ）。”

明世宗想想有理，也就不再坚持。他每天捧了一堆丹药服侍母亲，说实话，蒋太后每次看到这许多乌黑的丸子就恶心，但是又不忍辜负儿子的美意，勉强装出笑脸一颗一颗吞下去。

有一天，明世宗喂完药，回到寝宫，忽然太监来报，蒋太后在平静中过世了。明世宗脑中仿佛有无数个金苍蝇在飞转，他不但惊慌，并且愤怒，拍着桌几，大声咆哮："不可能的，绝不可能的。"牙齿吱吱发出可怕的声音。

明世宗飞奔到蒋太后床前，果然太后闭上了眼睛，安详地走了。明世宗"哇"的一声，扑倒在母亲的怀里，又哭又吐，整个人昏厥过去。

御医七手八脚，让明世宗清醒过来，他张开眼睛第一句话是"朕要报仇!"

明孝宗张后，明宫廷画师绘，台北故宫博物院藏。

众人面面相觑（qù），蒋太后病危久矣，迟早会走的，明世宗要报什么仇，莫非要与阎王爷去理论？明世宗怒火中烧道："这一定是老巫婆张太后下的毒手，否则母亲怎么会服了长生不老之药后，反而莫名其妙走了？"

说着，明世宗马上就要颁诏旨，为蒋太后报仇，明世宗的脸色不但难看，并且可怕。内阁大学士季时奋不顾身向前劝阻："没有任何证据显示张太后下毒，皇上诏旨治罪张太后，恐怕引起天下人的非议，有伤圣上的声誉。"

明世宗一向是个人人为我，我为自己的人，他勉强收回诏旨，这一口气却非出不可。

明世宗一口咬定张太后害死了蒋太后，事实上，张太后只是一个可怜的老妇人，丈夫死了，儿子死了，她主张立的明世宗视她为眼中钉，她有什么能耐可以去害蒋太后呢？

明世宗对付不了张太后，他怒火一阵一阵烧，念头一个一个转，脸上阴晴不定，那个模样似乎想要吃人。他问左右："张太后的弟弟张延龄现在在哪里？姓张的一家人没有一个好东西。"

"张延龄强夺民宅，仍关在狱中。"左右回答。

"嗯，很好，把刀架在张延龄脖子上，暂时不砍。"明世宗为自己这一条毒计十分得意。

张太后两个弟弟张延龄、张鹤龄都不成材，张太后屡次劝说，两兄弟全听不入耳，张太后一点办法也没有，弟弟再坏，总是自己的亲弟弟，也是她唯一的亲人；她听说张延龄刀加颈上，命如游丝，急得跑到明世宗前面求情。

明世宗理也不理，睬也不睬，他其实心知肚明，张太后没有本领加害蒋太后，但是他满肚子不如意，非找一个出口不可。

张太后求情无效，只好上演苦肉计。她穿上一件破衣服，睡在一张草席上面，早也哭，晚也哭。那种模样，就像是一个小孩子没做错事却被大人责备，脸上全是惶恐委屈，让人看了好不忍。

朝臣个个不安，纷纷为张太后请命。明世宗仍然狠心让张延龄关在狱中，鹤龄死在狱中，张太后终于也走了。明世宗一天到晚对付人，他也将心比心，以为张太后在对付他。明世宗身为天子，但他不快乐：算计人是得不到快乐的。

# 明世宗思念母亲

明世宗醉心于长生不老之术，他相信方士炼制的丹药有用，对他有用，对他最爱的母亲蒋太后也有用，然而，嘉靖十七年（1538年）十二月，蒋太后竟然在服药之后突然去世，对明世宗而言，真是沉痛的打击。

明世宗时常晚上躲在被子里偷哭，从他十四五岁入室继承帝位，他就晓得身为天子，绝对不能在任何人面前示弱，然而他的内心是无比软弱，唯一支撑他的，只有亲爱的母亲，其他人全是豺狼虎豹不安好心。

蒋太后突然过世，明世宗完全没有办法接受这个事实。贵为天子，应该没有任何办不到的事，明世宗心中却经常沮丧寂寞，充满了挫折感。

虽然母亲死了，明世宗整个注意力仍然黏在母亲身上，他决心将父亲兴献帝的灵柩迎接到北京，与母亲葬在一起。但是他亲自查看了大峪山陵墓之后，觉得不妥，他又要把母亲送到承天府与父亲合葬。

明世宗一天到晚为这件事焦躁不安，他决定自己跑一趟承天府，再决定安葬事宜。由于世宗不理朝政，蒙古蠢蠢欲动，当时河套一带情况危急，大臣们听说世宗要离开北京，个个不以为然。

于是，吏部尚书许赞，左都御史王廷相等人宁可冒着触犯世宗的危险，纷纷上书，劝谏皇上不要远行。

明世宗正是一肚子火没地方出气，看到上书，脾气来了，瞪着眼睛骂道："你们是做什么？朕是要为母亲尽孝道，又不是出去玩儿，真是！"

臣子们不敢开口，私底下议论纷纷，皇帝要查看墓地，派个得力的人去就是了，现在国家情况危急，帮蒋太后办后事不该是最优先处理的大事。

明世宗非去不可，又有不识相的大臣站出来说："万一路上皇上发生不测，国不可一日无君，请皇上先立皇太子。"

这话更不中听，意思是说，万岁爷你非去不可，谁也料不准，一路上你会不会死掉，会不会被蒙古人俘虏，那么国家就惨了，不如先立一个皇太子，以防不测。

明世宗脸都气白了，他冷笑道："这岂不是诅咒朕。"

最后，明世宗还是册立了太子，在嘉靖十八年（1539 年）二月出发。为了担心一路上有危险，明世宗总是随身带着道士一块儿走，无论如何，明世宗对于道士的法术总是深信不疑的。

三月里，明世宗到了承天府，这是他出生之地，也是他日日夜夜梦想的地方，景物依旧，人事已非，父亲走了，母亲也跟着走了，留下他一个人孤孤单单。

虽然明世宗贵为天子，他觉得自己是家破人亡，好凄凉，好可怜，好无助，身边一个可以说话的人都没有。想想人生真没什么意思，连这个皇帝宝座，有时也是又累又倦。

明世宗自艾自怨，悲从中来，他忽然觉得自己还是十三岁的小孩子，被迫离开妈妈，要到北京当皇帝，他记得当时，扯着妈妈的裙子，他不想去，想哭，他怕。

蒋太后当时安慰他："别怕，拿出勇气来，我们母子马上会相见的。"明世宗一直记得当时生离的无奈，毕竟生离还有相聚的希望，如今却是死别啊。这一别，来生能否相见都难说，明世宗忍不住了，他开始放声痛哭，哭得肠子都要断了，他哭得如此伤心，同行的人也跟着鼻酸。

为母亲办后事，该是他最后能尽的孝道了。明世宗不厌其烦亲自指挥，这里那里啰啰唆唆，工部的官员不敢怠慢，小心伺候着。

终于，明世宗交代完毕，启程回家。经过庆都县，县内有尧母庙，明世宗又转变想法，他说："原来依古礼，父母不必在一个陵墓，那么太后就不必葬在承天府了。"

他这一开口，所有人几乎昏倒，劳师动众折腾半天完全浪费。可是，明世宗回到京师，又发觉大峪山风水不如理想，最后，又将蒋太后移往承天府安葬。他反反覆覆其实都表示了他的孝思。

蒋太后安葬了，明世宗的心仍在哭泣，一直到第二年中秋夜，他望月思母，泪下两行，写了一首《中秋思母亲》："怆（chuàng）怆然，悲把饼咽下心痛苦，心何痛苦兮……"

失母之痛的确是人生憾事，如果明世宗能够收起哀痛，用老吾老以及人之老的精神，照顾体贴其他人的母亲，也许他不会如此痛苦了。

# 曹端妃采朝露

明世宗怕老，怕病，更怕死。事实上，这是没有一个人不害怕的，但是，明世宗是皇帝，当他决心不理会朝政，专心一意照料自己的身体时，他动员的力量可是相当惊人的。

明世宗的母亲蒋太后去世之后，明世宗不免怀疑母子一起服用的长生不老丹药，究竟有没有效果。他日日夜夜为此愁烦，老觉得身体到处不舒服。

有一天，他远远瞥见道士蓝道行走路，世宗惊奇地发现，蓝道行虽然八十多岁了，却腰板挺直，红光满面，精神健旺，行走如飞。世宗问蓝道行："你身体这么好，秘诀在哪里，可以告诉朕吗？"

蓝道行微微一笑："我是饮用朝露。早上一杯新鲜的朝露喝下去，可以清除肠胃，用朝露服用丹药，更能效果神速，达到长生不老。"

明世宗只要听到"长生不老"四个字，立刻着了魔，他兴奋地传令："明天一早采集朝露。"明世宗是个急性子，他恨不得马上就到了第二天黎明，他可以畅饮一杯新鲜的朝露。

他下令："采露之事不必由方皇后负责，由曹端妃负责。"

曹端妃是明世宗新宠的妃子，她不是十分漂亮，只是普通姿色，但是非常会撒娇，一看到明世宗，就亲亲热热握着他的手，往他怀中钻，并且非常凶悍地手叉着腰，不许其他妃嫔靠近皇帝。明世宗从来没有见过如此泼辣精明的女子，觉得十分新鲜有趣。

曹端妃凡事喜欢抢在前面，耀武扬威发号施令，因此，明世宗一吩咐，她立刻笑开了，马上挺直腰板，摆出长官的架式，东挑西拣的，选了四十位宫女，并且下达命令：“明天，天一亮，你们排成队伍，左手拿着玉杯，右手拿着银箸，把树叶上的露水拨入杯中，再送到御膳房中，调制成万岁爷饮用的甘露。”

所谓露水，就是近地面的水气，夜间附着于草木等容易散热的物体上面，因为遇冷而凝结成珍珠似的水滴，一般称之为露水、露珠。

明代宫女生活图，佚名绘。

宫女们一听，天没亮就得起床做苦差事，心中老大不愿意，个个不自觉地嘟起了嘴。

眼光锐利的曹端妃看到了，又叉着腰做茶壶状道：“嘿，不对，你们还得先用布把树叶一片片擦洗干净。”众宫女一听，眼眶都湿了。

第二天一大早，曹端妃兴奋地开始指挥，有几位宫女好可怜，因为害怕早上醒不来，一定会被处罚，干脆整夜没有睡，抱着枕头等到集合。

一位宫女想到家乡的爹娘，想到进宫之后的凄凉，想到自己一个人在宫里，没有家庭的温暖，没有兄弟姊妹；展望未来，看不到一线希望，最后反正是死在宫中，无人闻问，心中一酸，忍不住嚎啕大哭起来。

一位宫女哭，其他宫女跟着哭，曹端妃集合排队时，仍有宫女止不住哭泣，曹端妃呵斥道："能帮万岁爷做事，这是修都修不来的福气，你们还哭什么？"

宫女们暗暗想："你当然乐于邀功，我们简直不晓得在忙什么。"但是谁也不敢开口，乖乖洗净树叶，把一颗颗露珠拨入杯中。

这一天，明世宗特地早起，参观采露珠。在天蒙蒙亮中，只见一群身材曼妙的少女，体态轻盈地来往忙碌穿梭于树丛中，真是一幅美好的画面，明世宗长叹一声："好美！"旁边的宦官连忙说："早上湿气重，天气寒，万岁爷小心别着凉了。"

"说的也是。"一向最爱护身子的明世宗回到宫中，没有多久，御膳房中蒸制的甘露端来了，蓝道行也来了，吩咐道："嗯，可以再加一些人参，更能补身子。"

明世宗啜饮了一口，大声赞美道："嗯，好喝！"同时，他日常服用丹药也改用朝露吞服，他举起大拇指对蓝道行说："朕果然觉得精神开朗，心情舒畅，长期饮用这种甘露，朕相信，总有一天，朕会升天。"

明世宗觉得甘露十分美好，采露的宫女却一个一个苦不堪言，冬天的清晨，根本看不清楚，一不小心，踩到石头，跌了一大跤的大有人在。由于气候严寒，一个一个接二连三地伤风感冒，有几个宫女躺在床上，发起高烧，甚至得了肺炎，曹端妃毫不留情地指责："这么娇滴滴，不必装了，赶快起来吧。"这些宫女只得一个一个含着眼泪起床。

# 王宁嫔擦拭树叶

明世宗不问朝政，专心一意照顾身体，他接受道士蓝道行的建议，每天用朝露健身。不晓得是否心理因素，明世宗用朝露服丹药，泡人参，炖燕窝都觉得滋味大不相同。

采集朝露的事是由曹端妃负责，曹端妃借着这个机会，一方面讨好明世宗，一方面欺压平日不合的宫女，忙得十分兴奋。这四十多位宫女每天一大早，天还没亮，一手拿玉杯、一手持银簪拨露水，久而久之，相继病倒在床。

起先，曹端妃会发脾气，斥责她们："别太娇惯！"可是宫女接二连三躺在床上不省人事，曹端妃不得不要求添加人手。

她忽然心生一计，笑眯眯地建议明世宗："万岁爷，许多采露的宫女病倒了，可不可以请一些妃嫔加入？"

"当然可以。"明世宗一心只想着自己的健康，谁去采朝露，他根本没有兴趣过问。

"那么，王宁嫔能加入吗？"曹端妃又追紧问了一句。

"一切由你做主。"明世宗懒得再多说了。

王宁嫔曾经也被明世宗宠爱过，她长得一点也不漂亮，尤其有一两颗龅（bāo）牙，但是王宁嫔读过一些书，肚子里颇有学问，又发明过一种紫檀香饼，配以九孔香炉，供明世宗祭祀之用，明世宗曾经对王宁嫔大大夸奖过一番。虽然王宁嫔现在失宠了，曹端妃想起来，仍然心里气得要命，因此，她要借采露之事报仇。

曹端妃叉着腰，对王宁嫔说："我奉了皇上的御旨，命令你明天起加入采露。为了确保朝露新鲜干净，万岁爷说以后傍晚先用湿布把树叶擦一遍。"

曹端妃又想出整人的新点子，宫女们采露已经是苦事一件，还得应付曹端妃的阴狠，才真正是最难受的事。大家都晓得，万岁爷没出擦拭树叶的主意，这一定是曹端妃的意见。

于是，一些倒霉的妃嫔、宫女，不得不在傍晚时，一片一片擦拭树叶，擦完了，曹端妃还得检查。

曹端妃因为不满王宁嫔，她手心中悄悄抓了一把沙子，王宁嫔刚刚擦完树叶，曹端妃就把沙土又倒在树叶上面，然后朝王宁嫔哗啦哗啦叫了起来："你看，这么脏！明天如此混浊的露水能让万岁爷吃吗？"

曹端妃欺负王宁嫔不是一天两天，她对其他宫女也一样没有好脸色，有一个年纪较大的宫女杨金英忍不住嘀咕了一句："狐狸精太厉害了。"

曹端妃耳朵尖，一把揪出杨金英，狠狠地问："你说什么？"

杨金英低下头："我没说什么！"

"哼！我晓得这一定是某人的意思。"曹端妃逮住机会，一溜烟奔到明世宗怀里，边哭边告状："臣妾因为负责采朝露之事，被王宁嫔欺负，她们还骂我是狐狸精，希望取消采集朝露。"

"这怎么可以？"明世宗啜了一口朝露泡的参茶，说："把王宁嫔找来重重打一顿！"

于是，王宁嫔被打得死去活来，身上一块青、一块紫，众家宫女与失宠妃嫔个个看了不忍，王宁嫔哭得已经没有声音了。明世宗不爱后宫中任何一个女人，但是，他是万岁爷，又是宫中唯一的男性，所有女人仍然真心爱恋着他。

老宫女杨金英首先发难："万岁爷最近丹药服多了，脾气愈来愈坏，动不动找我们宫女出气，没有道理！”

另一个最近也挨了打的邢翠莲接着说：“万岁爷讲起话来，一个小脑袋转个不停，又不断翻白眼，教人看着不顺眼。”

杨金英又说：“他那讨厌的样子，我恨不得掐死他！”

“对，掐死他!”“掐死他!”“他死了我们就用不着七早八早去采朝露了。”

身痛心更痛的王宁嫔下了决心道：“对，我们一起掐死他！”一群宫女竟决定十月二十日晚上下手，她们要亲手掐死可恶的明世宗。

明朝的皇帝十分小心，一般人不容易知道他晚上住在何处，众多妃嫔由皇帝临时召唤，但是这一阵子，明世宗专宠曹端妃，一定是在曹端妃那儿。既然曹端妃每天一大早就得张罗采集朝露之事，寝宫之中只有明世宗一人，那时下手最好。

中国自古以来没有后宫谋害皇帝的前例，宫女们有些害怕，但是王宁嫔因爱生恨，她决心办这一件惊天动地的大事，她一切豁出去了，她在心中对明世宗说：“我对你这么好，你竟忍心几乎把我活活打死，我也准备一报还一报……”即使是皇帝，原也不该如此不把人当人的啊。

# 宫女大反扑

明世宗接受道士蓝道行的建议，每天饮用新鲜朝露。这份工作，由世宗宠爱的曹端妃负责。曹端妃逮住机会，欺负王宁嫔等失宠嫔妃与宫女，于是大家决心把讨厌的明世宗在半夜三更掐死。

研究明史的史学家对这一段历史十分迷惑。掐死皇帝该当何罪！难道这些宫女不要命了吗？若说有政治阴谋，其中又没有任何男性参加，在中国，古代女人在政治上是没有权力的；也有的史家在猜测，会不会是王宁嫔想当太后才出此下策？但王宁嫔主谋掐死皇帝，她怎么可能有资格当太后？

王宁嫔及一干宫女想法十分单纯直接，她们活不下去了，采露本是件辛苦事，万岁爷非但不体谅恤（xù）勉，反而动辄（zhé）鞭打，人生毫无希望可言，不如一死了之。不过，要死得拉一个垫背的，这个人就是明世宗。

这次计画参加的共有十多名宫女，带头的是王宁嫔，有自愿参加的，也有迫于情势，不能不参加的。

嘉靖二十一年（1542 年）十月二十日傍晚，众宫女们清洗完树叶回来，个个累得不能动。杨金英说："今晚，我们就做一个了结吧。"

"好！"众人一致叫好，她们心情很激动，她们要合起来做一件惊天动地的大事，她们虽然害怕，却没有退缩，反正豁出去了。

明世宗的心事多，一向失眠，翻过来翻过去的，总得折腾到天亮前才能真正进入梦乡。这时，曹端妃已经兴致勃勃，精神抖擞地出去指挥采露了。

十多名宫女悄悄溜入端妃阁中，明世宗正歪着小脑袋睡得正香。他唇边还流着长长的口水。杨金英拿着一条绳子，从世宗脖子一套，姚淑翠用一块黄巾蒙住世宗的脸，世宗突然眼前一黑，正想开口喊，杨金英等宫女一块儿用力拉绳子，有人帮忙拉绳，有人用力压腿。

明世宗用力挣扎，两腿猛踢，女人的力气小，合起来却不弱，怎么掐了半天，明世宗还没有断气？原来杨金英太慌张了，应该把绳子打成活结，却结成一个死结，难怪再用力拉也没用。

于是，杨金英把绳子一端拴在床柜上，大伙儿再用力扯，这一勒之下，明世宗两只眼睛像青蛙般突出来，满脸通红，人也快断气了……

就在杨金英发现活结打成死结之时，一个名叫张金莲的宫女慌了，她趁众人不注意，跑去找方皇后，拉着她的手道："皇后，不好了！宫女们快把万岁爷给掐死了。"

"什么？"方皇后大惊，披着衣服带着人飞奔过来。宫女们听到了脚步声，吓得一哄而散。有情急之下藏在树丛里的，有躲在床下的，还有钻入衣柜中的，反正没有一个躲得掉。

方皇后赶紧将明世宗松绑，这时的明世宗两眼圆睁，吓得不能开口，仿佛成了一个傻子；气倒还是有，但显然是内伤很重，御医们也呆住了，不晓得该怎么办。

这时，精通医理的太医许绅一步向前道："于辰时服下我调配的药，等万岁爷吐出紫血数升，便可言语。"

于是，方皇后喂明世宗药，明世宗乖乖张开口，让方皇后一匙一匙将药送入口中，然后倒头便睡。众人站在床边，心中不断祈祷着，几个时辰过去了，明世宗霍的坐了起来，口中咕噜一声，一下子吐出数升血，吐干净了，明世宗果然能开口了。他气喘吁吁道：“什么人敢向朕下毒手？”

方皇后负责审问宫女，杨金英、邢翠莲等都被打得不成人形，很快地供出主谋王宁嫔。

关梅秀、姚淑翠突然道：“还有曹端妃。”

“对，还有曹端妃！”宫女一致叫道。

曹端妃是万岁爷目前最宠的妃子，三千宠爱在一身，她何必加入这一场阴谋？谁也明白这是不可能的。但是，方皇后也嫉恨曹端妃，于是把曹端妃也抓了来。

曹端妃又哭又喊，闹着要去见明世宗，方皇后不理会，把口供拿去给明世宗看，明世宗看也不看，气嘟嘟道：“一起给朕杀了。”

宫女们后悔了，曹端妃也后悔了，采露就采露嘛，用不着借机会欺负人；这下子全体都完了。十月二十一日，曹端妃、王宁嫔及十六名宫女一起处死；这是中国历史上从没有过的怪事，宫女们当然不该如此做，但明世宗也有该检讨之处。

# 方皇后的下场

明世宗每天饮用朝露养生，负责采露的曹端妃借机会欺负宫女，宫女们不堪世宗长期凌虐（nüè），动辄鞭打，于是集体合作，想要掐死明世宗，结果慌乱之中，把活结打成死结，方皇后及时赶过来，明世宗逃过一劫。

这是中国历史上从来没有发生过的怪事，朝野极为震惊，内阁大学士严嵩等上奏请告谢天地、宗庙与神明以安定人心。其实，凡事有因有果，若不是明世宗过于暴虐，曾经盛怒之下，打死两百多位宦官宫女，宫女们也不至于出此下策。

说起来，明世宗这一条命是方皇后捡回来的，但是方皇后并没有因此得到好报。

宫女们因为痛恨曹端妃平时欺人太甚，因此，招供之时把曹端妃也拉下水。方皇后也讨厌这个狐狸精，所以将计就计，让曹端妃也一起处死。

明世宗悠悠然清醒过来，第一句话就是问："曹端妃呢？她怎么不来伺候朕？"

这时，方皇后垂着头，战战兢兢道："当时，万岁爷就批准不分主犯、从犯一律处死的。"

明世宗瞪着方皇后，眼光似乎要吃人，他从鼻孔里哼了一声道："一定是你搞鬼，她为何要杀害朕！"

方皇后头垂得更低，声音小到不能再小声："我也不晓得她为何参与此事，没有道理嘛。”

明世宗非常不悦，说着，他拇指与食指弹了一弹，方皇后不知道他要干什么，瞪大了眼睛望着明世宗，原来这是明世宗与曹端妃之间的暗语，意思是说，他口干了，想要喝参茶。

方皇后怎么会知道，她呆站在一旁，明世宗又弹一弹手指，见方皇后仍然没有动静，忍不住破口大骂：“朕要喝茶，你连这个都不懂，笨得像一头猪一般！”

方皇后听了，眼泪在眼眶里打转，她心中后悔，早知道不该把曹端妃拖下水，伺候皇帝这苦差事不做也罢。

明世宗又用手指一指鼻子，方皇后当然还是不懂。明世宗又火了，他气哼哼道：“朕要吐痰，你为什么这么笨？”

方皇后不敢反驳，万岁爷当着众人的面这般辱骂她，这个皇后太没有尊严了，她拼命忍住，让泪水不至于滚下来。

明世宗又追问方皇后：“当初谁参与了问案？”

方皇后答道：“张佐。”

张佐是当初随着明世宗进宫的老人，明世宗信得过他，张佐被喊来问话，一五一十报告得很详细，他说：“的确，曹端妃又哭又闹，吵着要见万岁爷，一直哭诉自己是冤枉的，不过十六名宫女一致指出她牵涉其中。”

明世宗不满意地指责张佐：“你为什么不让她来见朕？”

“因为皇后娘娘说，万岁爷刚刚吐了几升紫血，太医吩咐不得打扰。”张佐解释道。

明世宗一听就清楚了，这准是方皇后借刀杀人，可恶！明世宗立刻下令：“朕今晚就搬到西苑的燕王旧宫去住！”方皇后虽然也搬到了西苑，却等于被打入冷宫，明世宗见都不见方皇后的面，表示对她的处罚。

方皇后哭得好伤心，她几乎后悔，当初根本不该救皇帝，这个可恨的天子，就该让他死了算了。

嘉靖二十六年（1547 年）十一月，宫中突然起了莫名大火，大火熊熊，方皇后所住的宫殿，很快地燃烧起来，宦官们十分着急，明世宗却相当无情地下令："不许救，让火烧！"

后来，大伙七手八脚把火给灭了，方皇后却严重烧伤，躺在床上奄奄一息。明世宗也没有前去探望，方皇后身上痛，心中更痛，她心想：到底我救了万岁爷的命，他却一点也不爱惜我的命！没多久，方皇后也终于撒手人寰。

方皇后死了，宫中却开始闹鬼，整个宫中四下弥漫了一股黑气，花草树木之间，经常有窸窸窣窣的声音，采露的宫女个个不安，明世宗有一天做梦，梦到方皇后披头散发对他说："我打的是活结，我要你的命！"

明世宗到底还记得，方皇后曾经救他一命。于是，他下令帮方皇后好好办一次丧礼，这是前面两个陈皇后、张皇后没有过的哀荣。明世宗一连死了三个皇后，历史上也是绝无仅有的，明世宗认为皇后麻烦，因此从此以后，不再册封皇后。

# 热血青年严嵩

明世宗一共立了三个皇后：陈皇后、张皇后与方皇后。三个皇后都因他而死，他也觉得皇后带来麻烦，因此，自从方皇后去世以后，他二十年不再册立皇后，经常绕在明世宗身边转来转去的是他最宠信的严嵩（sōng）。

说起严嵩，人们可不陌生，他与秦桧一样，都是中国历史上最著名的奸臣，巧的是，早年的严嵩与秦桧一般，都曾是爱国的热血青年。

严嵩，字惟中，江西人，生于明宪宗成化十六年（1480 年）。严嵩个子高高瘦瘦，眉毛稀稀疏疏，外表颇为清秀，讲话的音量特别大，有个外号叫“大声公”。

严嵩幼年，家中十分清贫，他的父亲是一个读书人，考了一辈子，没有考中科举，所以他把希望完全寄托在严嵩身上，日夜督促他用功，严父常抓着严嵩的手，指着门户上的横梁道：“我们严家光耀门楣就指望你了。”

所谓门楣，就是门户上的横梁，若是中了科举，皇帝或地方官常会赐给匾额，上面写着“状元及第”之类的，高挂在门楣上，这是中国人自古最为光宗耀祖之事。

严嵩每次读书读累了，他就站在门楣下面，幻想着匾额高挂，乡里之人纷纷前来道贺的盛况，然后用冷水揉揉眼睛，继续把自己黏在书桌之前，一遍一遍的苦读经书。

明孝宗弘治十八年（1505 年），严嵩二十三岁之时，一举高中进士。严嵩真是乐坏了，他终于达成父亲的愿望，从此当可平步青云，一展抱负了。

不幸的是，严嵩乐极生悲，他因为长期的苦读，身体十分亏损，骤然兴奋，情绪亢奋，突然病垮了，而且病得不轻，根本无法上朝。他挣扎了一段时日，最后不得不忍痛辞职，回到家乡，住在钤（qián）山中，一面养病，一面调养身心，这一待就是整整十年。

回到家乡调养后，严嵩的身体慢慢强健起来，反正进士已经到了手，用不着再天天开夜车，脸色也逐渐红润起来。

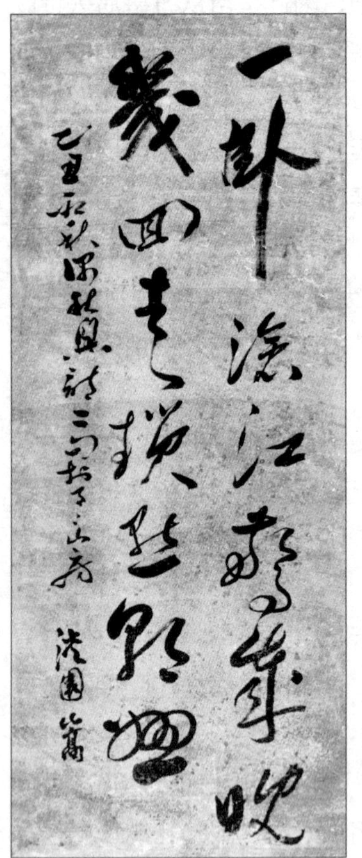

严嵩书法。

严嵩的文笔很好，而且写得一手好书法，这一段期间，他就优闲地读读书，写写字，作作文章。另外一方面，这时的严嵩，心怀大志，他充满了正义感，希望能为国家多尽一份力量。

此刻正是明朝正德皇帝在位，宦官刘瑾当道之际。正德皇帝干了许多荒唐事，例如在宫中卖布，沉湎于酒色，找来许多老虎、豹子设立了豹房，将文武百官集体罚跪，好好的皇帝不干，自封为“威武大将军”出兵讨伐；把政事交给刘瑾，还告诫刘瑾“朕在玩时别来打扰；奏章不会处理，我用你干什么……”正德皇帝也就是脍炙人口，在梅龙镇酒家之中，戏弄李凤姐的那个正德皇帝。

严嵩对正德皇帝的荒唐不以为然，满心愤慨，尤其对于明武宗这一个花花皇帝，每一次出游不但妇女害怕，民众走避，连官员也吓得开溜最是不满，写了许多诗文抒发，例如“定数难移岂信然，但修人事可回天”，他相信这不是国家定数，认为一定能回转天意。这一些作品，收录在《钤山堂集》之中。

到了正德十一年（1516 年），严嵩已经在家等了十年，刘瑾已经处死，严嵩开始不耐烦了，他想出来做事，心中想着：“十年寒窗，好不容易才考中进士，总不能这么无声无息过一辈子啊。”

因此，严嵩怀着一颗热烘烘的心，北上复官。但是朝廷里好的位置都被人给占了，他只能在一些小官职中转来转去，这一转又是十年过去，严嵩暗自心惊，人生已经浪费了二十年，不能再虚耗了。

这时，严嵩发现了一条门路，他有一个同乡夏言很受明世宗器重，夏言是正德十二年（1517 年）的进士，比严嵩晚了十多年，该是后生晚辈，严嵩顾不到这一层，急着与夏言攀关系。夏言架子挺大的，严嵩摆下宴席，夏言拒绝前往作客。

严嵩急了，亲自拿着请柬到了夏言家，请求一见，夏言依然不理。严嵩想到这一拒绝，可能得再等十年，心中一酸，膝下一软，竟然就直直地跪在夏家门口，大声念起请柬。

严嵩是个大声公，嗓门奇大，且声音十分悦耳，夏言想不听见也难，众人又围拢过来，指指点点，“既然是同乡，这关系怎可不理？”

夏言自己也十分感动，觉得严嵩太诚恳了，所以，亲自走过来，把他扶起，并且欢欢喜喜赴严嵩家中吃饭。两人好好喝了几杯。严嵩心中十分欢喜，但是他也疑惑，这种当街下跪拍马屁的丑态，换了十年前、二十年前他做得出来吗？这时的严嵩已经逐渐走上人生的岔路了。

# 马屁严的挣扎

一代奸臣严嵩原先是个热血青年，忠直爱国，他高中进士之后，先后隐居了十年，不得志了十年。二十年后，严嵩遇到同乡夏言，他希望夏言提拔，因此，夏言不肯赴严嵩的宴，严嵩就直直跪在夏言门前，哭哭啼啼地大声念请柬，夏言受到感动，把严嵩搀扶起来，一块儿赴严府。

严嵩的人，以及严嵩请来的客人，发现严嵩与夏言有说有笑地走进来，众人一致拍手欢迎，严嵩口中不断说："贵客驾到！"

席间严嵩不停地站起来，恭恭敬敬地敬酒，希望"兄长多帮忙，多照顾!"

夏言被严嵩的诚恳深深感动，严嵩又把自己作的诗文搬出来，客客气气请夏言指正。说实在话，严嵩的文笔优美，的确是个才子，他的书法尤其漂亮。据说中国大陆传了六百年"鹤年堂"的招牌三个字就出自他手笔。

夏言也是很有眼光的人，他大概翻了一下诗文，惊讶地说："你的文笔古典，现在没有几个人能写得这么好。"

严嵩又诚惶诚恐地讲了一堆谦虚的话，最后，两人殷殷话别，似乎成了好朋友一般。

严嵩送走夏言，严夫人喜孜（zī）孜地说："太好了，我就知道你有出息。"

严嵩白了夫人一眼，没好气地说："你不是一向怪我没有出息的吗？”

严夫人娇娇媚媚献殷勤：“那是以前，今晚夏大人来了之后就不一样了。”

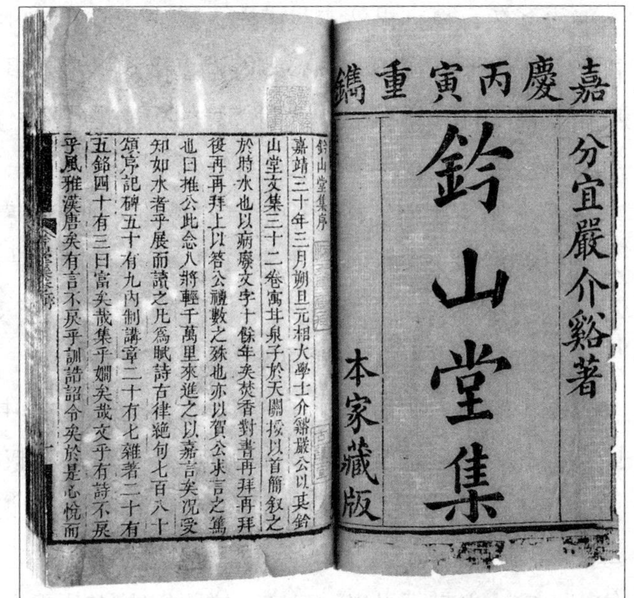
嘉慶丙寅重鐫
分宜嚴介谿著
鈐山堂集
本家藏版

鈐山堂集序
嘉靖三十年三月朔旦元相大學士介谿嚴公以其鈐
山堂文集三十二卷寓丼泉子於天關授以首簡叙之
於時冰也以病廢文字十餘年矣焚香對書再拜再拜
復再再拜上以答公禮數之殊也亦以賀公求言之篤
也曰推公此念八將輕千萬里來進之以嘉言矣況受
知如水者乎展而讀之凡爲賦詩古律絶句七百八十
頌亭記碑五十有九內制講章二十有七雜著二十有
五銘四十有三曰富矣哉集乎嫺矣哉文乎有詩不戾
乎風雅漢唐矣有言不戾乎訓誥詔令矣於是心悅而

严嵩文集《钤山堂集》，清刻本。

晚上，严嵩躺在床上，翻来覆去睡不着，他一直在思索“有出息”三个字。没错，夏言答应帮忙，凭夏言在明世宗面前的分量，应该没有问题，但是这可是严嵩跪在夏言门前，哭哭啼啼念请柬，用这种没出息的丢脸事换来的代价。

严嵩仿佛听到有人在背后嘲笑他“马屁严”、“马屁严”。当他在钤山隐居之时，他最看不起拍马屁的臣子，多次写文章批评，与朋友谈天时，也大骂刘瑾等小人“厚颜无耻”。

天哪，严嵩心想，他过去的朋友们，若是知道他今天当街下跪念请柬，不晓得该如何耻笑他。而这件轰动的事一定瞒不住，马上就会传开来，他摸一摸膝盖，男儿膝下有黄金，他真羞愧。

严嵩站起来，拿了湿毛巾擦拭膝盖，擦得膝盖都磨破了，擦不掉心中的羞愤，严嵩最后的结论是：“全是夏言害的，假如他答应来赴宴，我就用不着当街出丑了。”“这个夏言也真是好命，他不用向谁下跪，运气来了，就得到皇帝青睐（lài），哼！”

没多久，夏言果然实践诺言，嘉靖七年（1528 年）严嵩担任礼部右侍郎，职务虽不太高，却能够直接为皇帝办事。夏言以为严嵩心中一定对他感激莫名，然而严嵩的想法是：“为什么我才高八斗，我还得对你低头，才能谋取一官半职？”

无论如何，严嵩挤近明世宗的身边，他还是真心想为大明朝，为明世宗尽一分忠心。明世宗口口声声道：“朕最不喜欢人逢迎拍马，朕想要听直言。”严嵩但愿自己能成为另一个魏徵，帮助明世宗成为第二个唐太宗，以洗刷“马屁严”的耻辱。

明世宗是以兴献王之子入承大统，按照过去中国古代的惯例，既然如此，明世宗就必须改称自己亲生父母为叔叔婶婶，而称孝宗为父，张太后为母。明世宗不答应，而且愤怒地说：“自己生身父母怎么可以改称叔父叔母？”后来，明世宗又要把父亲兴献王的牌位入太庙，兴献王没当过皇帝，依照规矩是不可以的。

严嵩跟着一些礼部的人一起反对，明世宗大怒，额上青筋暴露，眼露凶光，一颗小脑袋气得转来转去，口中依然强硬地说：“朕要听忠臣直言，朕最不喜逢迎拍马屁。”

聪明的严嵩看懂了明世宗口中叫着不喜逢迎，事实上谁违反他的意思，谁就倒大楣，因此严嵩赶紧见风转舵，讨好明世宗道：“本来应当将皇考兴献皇帝入于太庙。”

“嗯，极有见地。”明世宗深深看了严嵩一眼，表示嘉许之意，同时说：“朕就是要听直言，朕最不喜欢逢迎。”

严嵩回到家中，拿起屈原写的《卜居》，其中有一段：“我宁可廉洁正直保持自身的清白呢？还是油滑没有骨气地求媚于人呢？”

严嵩看着书，他的脸一层一层变得青白，忍不住放声嚎哭，他得到了官位失去了尊严，鱼与熊掌难以得兼哪！

# 严世蕃吃月饼

严嵩得到夏言的提拔，果然如愿以偿当上了礼部右侍郎，官位虽然不高，却能为皇帝直接办事，严嵩觉得很满意。

但是，做了没几天，严嵩就发现，滋味不如想象中好。明世宗性格阴暗，突然一下子就会发脾气，其他长官个个不好伺候，尤其是夏言，严嵩每次见到他，马上就想起自己跪在地上请他赴宴的丑态，再加上夏言本来严肃，不苟言笑，严嵩更是觉得屈辱。

有一天，回到家，严嵩终于忍耐不住，他气吼吼道："算了，当官这件事不适合我，我应该辞官专心文词，这才是我的拿手本领。"严嵩对自己的古文一向十分自负。

严夫人摇摇头道："你疯了吗！"她把严嵩拉到屋角，指着地上各式各样堆积如山的礼盒，原来是中秋节快到了，虽然严嵩的官位不算高，巴结送礼的人倒不少。

严嵩的儿子严世蕃（fán）正在拆礼盒，吃月饼。他吃月饼的方式很奇怪，每一个月饼，他咬一口就扔在一旁。严世蕃长得又胖又矮，而且没有脖子，皮肤奇黑，又瞎了一只眼，与高瘦白净的严嵩完全不像父子。

严嵩拿起一个被咬了一口的月饼端详，原来是伍仁月饼，里面的馅可不只五样，有核桃、枣仁、松子……芳香无比。他吃惊地问世蕃："这伍仁月饼不好吃吗？"

"当然好吃。"世蕃一面回答，一面又把咬了一口的莲蓉月饼丢弃。

“那你为什么只咬一口就扔掉，太浪费了。”严嵩气得想揍人，“儿子啊，你爸爸小时候，全家能分食一个里面包白糖的月饼就偷笑了。”说着，严嵩就去找棍子，虽然世蕃已经成年了。

“可是我这样才不浪费！”严世蕃抗议：“这许多月饼怎么吃得完，到时候发霉了才可惜，上一回过端午，好多粽子长了丝不能吃。”

严夫人疼爱儿子，一旁帮腔：“对，世蕃自小就比别的孩子聪明，他每种口味月饼尝一口，懂得珍惜食物。”严夫人也学着拿起一个枣泥月饼咬一口扔掉，并且批评：“太甜了，不好吃。”

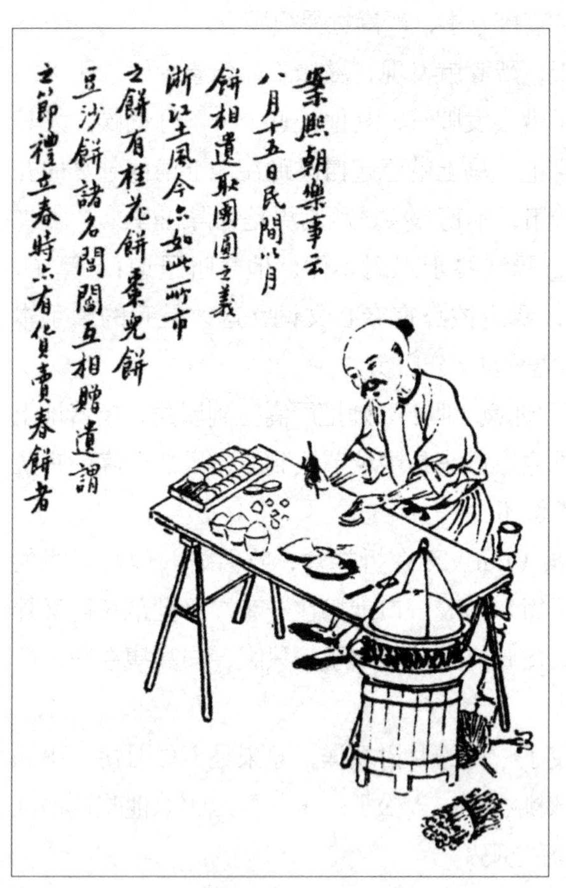


卖月饼，选自《太平欢乐图》。

严夫人顺手拿起一个豆沙蛋黄月饼递给严嵩：“记得吗，你隐居在钤（qián）山之时，我们连吃一个蛋都得考虑半天，天天喝西北风，逢年过节都不能加菜，谁还会送礼给你，今天竟然说要辞官，我可不干。”

严世蕃也暂时停止吃月饼，一旁吵着说："我也不要回钤山。"

严嵩想起幼年之时，家境清寒，中秋节难得见到月饼，若能分食到一小片就乐坏了，他从来没有想过，现在月饼堆积如山。

因此，严嵩赞许地摸一摸世蕃的头："多吃一点，把爸爸小时候的遗憾弥补过来。"

严世蕃终于吃撑了，停了下来，他本来就是长得黑呼呼大块头的人，不断进食的结果，一条大腿就挤满一张凳子。严夫人笑眯眯地说："看看世蕃，就知道严家发达了。"

严嵩叹了一口气，下定决心，正式向升官发财路上迈进，不过心情并不如外人想象的舒坦。中国自秦汉以来，读书人受到了先秦诸子的影响，特别是儒家思想的熏陶，对于政治常抱有一种崇高理想，例如《礼记》的"大同"，孔子的"德治"，孟子的"仁政"，墨子的"兼爱"，荀子的"礼教"，都印在读书人脑海中，因此，读书人做官之后，内心深处对拍马逢迎、卖国虐民的行为，仍有罪恶感。这与宦官不一样，宦官没读过书，做坏事的时候不会受到良心责备。

严嵩终于横了心，管他好不好，让皇帝开心最重要。

恰好这时候明世宗派严嵩到湖广去祭告先父的陵墓，回来之后，明世宗询问一路上的情形。

严嵩拿出编故事的本领，大吹特吹："臣在陵墓前恭上皇上宝册，突然下起一阵神雨，更奇怪的是，石头里长出一颗颗红枣，一会儿群鹤集绕，河流骤涨，种种祥瑞，不只一端哪！这皆是皇上圣明，感动天地，这一定得撰文刻在石头上，说明上天的恩宠。"

明世宗最喜欢人家戴高帽子，脸上还故意装着淡然的样子："那么就由你代笔吧。"

严嵩恰好借这一个机会，大大卖弄文笔。他喜欢用一般人看不懂的字，表示自己有学问，更喜欢用一大堆形容词大大夸张。恰恰明世宗也自认为肚子里有墨水，能够写诗词，所以对严嵩不断嘉许："你文学修养不坏，朕一定要好好重用你。"

总之，明世宗脾气古怪，君威难测，严嵩陶醉在官场的美梦之中，把心中残存的正义感完全扫光了，成为一个十足的马屁严。

# 严嵩写青词

严嵩经过一番内心挣扎，终于成为一个“马屁严”。

严嵩能够得到明世宗的信赖，除了他善于察言观色之外，还有一个重要的原因，那就是他的文学修养深厚，曾经被明朝的文人雅士奉为精神领袖，他们的文体是浓艳的、华丽的、工巧的。

嘉靖十八年（1539年），严嵩以天上出现祥云为理由，写了一篇《庆云赋》献给明世宗，他谄媚地说：“臣绞尽脑汁，以平生所学，完成此篇，恳请皇上指正。皇上的文学修养无人能比，臣实在惶恐之至。”

明世宗拿过来一看，嗯，字字典雅，对仗工整，显然是花了心思写的。明世宗一个字一个字往下念，念到一半，发现一个字“叆”，左边是云右边是爱，他没看过这个字，不晓得如何读（这个字应该读爱，意思是云起的样子）。明世宗是个绝不愿意承认自己也有不懂的皇帝，他念到这儿，就不念了。明世宗迅速地往下看，然后满意道：“朕一目十行，你确实写得好，大有进步。”

明世宗又指着叆字道：“你瞧，这个字，一般人不会用，你竟然也认识，不错，这样吧，以后你多写一些青词。”

严嵩又叩了一个头说：“臣惶恐。”

所谓青词是什么呢？明世宗信奉道教，最重视祷祀，每有祷祀，一定要写一篇文章，烧了焚告天帝，这种写给天帝的奏章，通常用红笔写在青藤纸上面，因此称之为“青词”。

青词既然是写给天帝看的，天帝究竟看得到看不到，看到以后欣赏不欣赏，这真是只有天知道了。明世宗很笃（dǔ）定地以为“朕喜欢，天帝一定也喜欢”。并且认为自己可以与天帝直接沟通，有一天，他也会飞到天上当神仙去也。

明世宗个性急躁，有时候，三更半夜，他突然之间心血来潮，不得了，非立刻禀报天帝不可，于是下了一张“条谕”，命令值宿的臣子拟写，因此，伺候明世宗写青词是一件辛苦差事。

严嵩捞到这一件事，却是兴奋异常，因为这一项重任，以前都是夏言在办的。严嵩靠着夏言的关系平步青云，但是，他最恼火的人正是夏言，在夏言面前，他永远抬不起头来。

有一次，严嵩为皇帝草拟诏书，用的也是写青词的文体，就是措辞华美，讲究对仗，装了一堆典故，显得极有学问，其实是语意模糊，夏言看了，十分不悦。

夏言把严嵩找来，老实不客气地说：“你怎么愈来愈退步了，啰啰嗦嗦写了一堆，完全抓不住要点，重写！”说着，把草稿还给严嵩。

夏言这一番话，又直又硬，让严嵩无地自容，却又一肚子的不服气。所谓文章是自己的好，严嵩对自己的文笔信心十足，连皇帝都夸赞不已，严嵩心中想：“你这个没有眼光的人，你根本看不懂。”表面上严嵩却堆起笑脸，一言不发拾回文章回去再写。

从此以后，严嵩下定决心，非把夏言扳倒不可。严嵩暗暗比较自己与夏言的种种条件。

首先是外表，严嵩高高瘦瘦，清清秀秀，虽然年纪不小，依然健朗，这是明世宗非常在意的一点。明世宗因为自己身体虚弱，虽然肚子里一堆仙丹药丸，依然干干瘦瘦，像个小老头，实在是难看，因此他特别羡慕身体健康、外貌俊美的人，并且用这一个标准来挑选臣子。

严嵩看准了明世宗这一层心理，曾经一而再、再而三地特别对明世宗讲述一段故事：“臣在正德十三年（1518年），与一些朋友一起去游衡山，山势十分险峻，似乎一不小心，就会翻落万丈深渊，同伴们都倒抽一口气，心脏跳个不停，只有臣跳上爬下，完全不当一回事。这时一个衡山修行多年的老和尚走了过来，对臣说：‘依贫僧看来，你这一分笃定的神态，就是长寿之相。’”

严嵩，选自《中国全记录》。

明世宗望着严嵩清朗的面貌，总是忍不住夸道：“嗯，仙风道骨，果然是长寿之相。”

严嵩虽然以外貌自得，但是人比人气死人，他与夏言一比，立刻被比了下去，严嵩只是清秀，夏言真正是漂亮，高大英挺，相貌堂堂，眼睛、鼻子、嘴巴，没有一个地方长得不好，肌肤白里透红，神采奕奕，留着一把漂亮的美髯须，声音洪亮，而且一点乡音也没有，中气十足。

夏言不但笔下敢写，口才一流，讲起话来，简明扼要，一句是一句，谁也辩不过他，因为他刚正、无私，透露在脸上就是正气凛然，威风赫赫，有气质也有气概。

夏言不拍马屁，就靠这一分特质吸引了明世宗。严嵩条件不如夏言，他得另外想办法。

# 夏言拒换道士袍

嘉靖十五年（1536 年），严嵩接替夏言，做到了礼部尚书，但是野心极大的严嵩并不满足，他的目标是进入内阁，把夏言内阁首辅的官位抢到手中。

严嵩知道，夏言极有才华，明世宗非常欣赏他，一下子不可能除掉，他可不急，他沉住气慢慢来。

严嵩发现，夏言最吸引人的特质就是一股浩然正气。他的脸上有一种沉毅冷静、正直、善良的气质，眉目之间明白地表示，夏言是一个有尊严，讲真话的人，任何人都不能随意侵犯，包括皇帝在内。

严嵩深深被这一种气势慑服。夏言像是一面镜子，照出了严嵩的马屁嘴脸，常让严嵩一股寒意直往背脊窜上来。他最不服气夏言凭什么可以挺起腰板，他却得哈腰当小狗。

严嵩相信，优点正是缺点，夏言的正直，迟早会触怒器小量浅的明世宗。

明世宗迷信道教，一心希望当神仙，他还不断地自己封自己道号，先后自封“云霄上清统雷元阳妙一飞天真君”、“九天宏教普济生灵掌阴阳功过大道恩仁紫极仙翁一阳真人元虚玄应开化伏魔忠孝帝君”、“太上大罗天仙紫极长生圣智昭灵统三元征应玉虚总掌王雷大真人玄都境万寿帝君”。从这三个道号，啰啰唆唆一长串，就可以知道他的贪心贪多，以及一心希望飞上天，后来民间给了他一个外号——“紫极仙翁”。

因此，明世宗最在意祷祀天帝与写青词。原先，这工作多半是夏言在负责，后来，夏言弄烦了，他认为皇帝岂可国家大事摆一边，天天沉湎于此。夏言曾经劝谏明世宗，可想而知，明世宗不接受。

有一天，明世宗突发异想，他换上道士袍，让妃嫔也换上道士袍，并且戴上了道士用的香叶冠。明世宗在镜子前面，左顾右盼，非常喜爱。

因此，他下令特制了五顶沉水香叶冠，分别赐给夏言、严嵩等人，要他们在入宫西苑时先得换上，并且与道士一般，只准骑马不能坐轿子。

当时夏言、严嵩都得在西苑值宿，晚上当班，以备皇帝随时差遣。明世宗经常半夜三更下“条谕”，命令值宿大臣写青词，与天上天帝沟通。

这一天，轮到夏言值宿，明世宗自己先换上道士服，一边幻想，以夏言的高大英挺，换上了飘飘洒洒的道士袍，骑在一匹骏马上，那真是如神仙中人，帅极了。

道士服饰，清人绘。

可是，等了半天，却进来一顶轿子，拉开布幔，夏言走出来，依然是朝服打扮。

明世宗好失望，一张脸马上垮了下来，问他："你是不是没有领到香叶冠、道士服？"

"臣领到了，但是臣乃大明朝的臣子，岂能不以正式朝服上朝？臣且以为，皇上也不宜道士打扮。"夏言不卑不亢地顶了回去。

明世宗不死心，继续说："那么，现在换上。"

"不，臣无法遵旨。"夏言还是不肯，同时跪在地上进言，"臣以为，皇帝仍以换回翼善冠，不宜戴道士的香叶冠。"

明世宗厌恶地瞪着夏言，一颗小脑袋转来转去，不断地翻白眼，旁边的人都捏一把汗，也在替夏言担忧，夏言这人也奇怪，难道没有眼睛，就不懂得察言观色吗？

夏言当然知道明世宗不开心，不过他认为自己是忠于皇帝，忠于朝廷，忠于大明朝，岂可以因为皇帝不悦就住口？

明世宗气呼呼地走开了。

第二天，轮到严嵩值宿，他可是可人多了，不但换上了白色的道士袍，并且骑了一匹同色的白马，严嵩本来人长得清瘦，远远驶来，还真是仙风道骨呢。

明世宗喜孜孜迎了上去，严嵩翻身下马，身段利落，他大惊小怪地嚷道："万岁爷这身打扮仙风道骨，我在马上远远望见，觉得你会升天。"

其实明世宗外观丑陋，换上道士袍，一点也没有潇洒之姿，倒像是乡下地方殡葬仪式时摇铃的道士。

严嵩的道士扮相清秀且不说，他还别出心裁，在香叶冠外面，笼上一层黑色的轻纱，明世宗大喜："更出色了。"

严嵩赶紧下拜："此乃表示对皇上、对香叶冠的虔诚恭敬。"

明世宗被他捧得好乐啊，心想：严嵩比夏言可爱了几百倍呀。

# 夏言值宿

严嵩因为夏言的提拔，成为明世宗身边的红人。夏言的正直不阿（ē）与严嵩的拍马逢迎恰恰是鲜明的对比。严嵩一心想除掉夏言。

严嵩值宿的时候，不但换上明世宗喜欢的道士服，并且在香叶道冠之外，笼上一层黑色轻纱表示尊重。夏言则拒绝换穿，同时劝明世宗放弃不伦不类的打扮，皇帝该有皇帝的样子。

夏言想起值宿就一个头两个大。所谓值宿是官员夜晚在西苑当差，随时等候皇帝的差遣，应付突发状况，这是历朝都有的规矩，不过，明世宗对国家大事没有兴趣，他是三更半夜不睡觉，心血来潮就要用青纸写红字，与天上天帝沟通，这一份青词的差事，就落在值宿官员身上了。

这一天，夏言没换上道士袍，明世宗颇为不乐，眼露凶光，仿佛想张开口，把夏言一口咔嚓咬下去。

夏言并非不懂察言观色，他只是察了言，观了色，仍然认为自己身为大明官员，不得不直言，他岂会想要得罪皇帝?

他意态阑珊地坐在桌子前，拿起墨来慢慢在砚台中来回磨着，思绪回到十多年前，明世宗初嗣（sì）位之时，还是一个十五岁的小皇帝。夏言上疏，建议淘汰冗（rǒng）员。少年天子颇为嘉许，下诏由夏言等人做主，一下子淘汰三千两百多个不需用的冗员，夏言想到这里，一拍桌子道:“那才是过瘾哪!”

后来，明世宗就注意到这一位相貌堂堂，文采风流的夏言了。

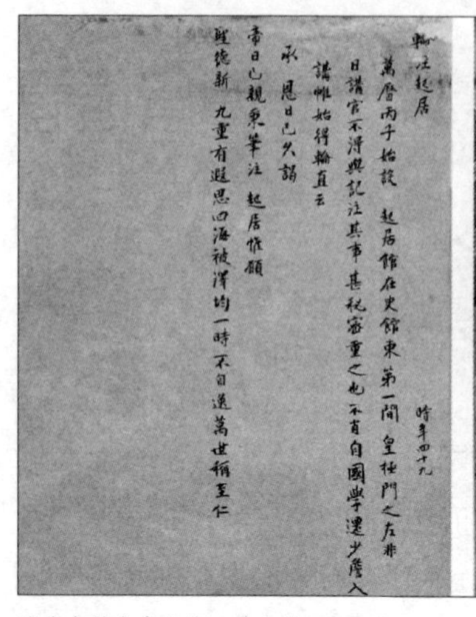

明代官员官中当值，佚名绘。

夏言又建议明世宗清理皇庄与庄田。明太祖朱元璋立国之初，为了表彰与激励和自己出生入死的勋臣，经常颁赐田地，称之为“庄田”，对于封为亲王的皇子则赐庄田更多，一般在千顷之上。

于是皇亲国戚佞臣太监都打庄田的主意，严重侵害百姓的利益。夏言对京畿（jī）地的皇庄作了一次彻底的调查，历时一年三个月，写成了“勘报皇庄疏”，详细罗列各地皇庄，对皇家而言，利益不过十之一二，其他八九成入私人荷包，“把皇这个字，加于帝后之上，让皇帝扛责任，事实上一些奸佞之徒侵夺民田，称之为皇庄，用来开店称之为皇店，又占夺盐田，称之为皇盐，这真是让天下人看笑话，后代也会讥诮（qiào）。”

明世宗大大嘉许，夏言正准备大刀阔斧改革，但是，且慢！嘉靖三年（1524 年）九月，明世宗颁旨给亲生母亲蒋太后的弟弟蒋轮庄田九十顷，又给了另一位舅舅蒋寿庄田四十三顷……皇帝带头不守法，还能改革得下去吗？

夏言想到这儿，长叹了一口气，像现在，万岁爷沉迷于道教，把国家大事置之不理，这真是“不问苍生问鬼神”。

以前汉朝的贾谊，一心想为朝廷做事，却一再被贬官，好容易汉文帝召见他，旁的不问，净问一些鬼啊神啊的事，唐朝李商隐同情贾谊，写了一首诗“可怜夜半虚前席，不问苍生问鬼神”。

夏言觉得自己与贾谊一般委屈，半夜三更在喂蚊子，明世宗对苍生没兴趣，一天到晚与天帝沟通，希望飞到天上当神仙。夏言就拿起笔一遍又一遍写着“不问苍生问鬼神”。

突然间夏言听到了窸窸窣窣之声，他大呼：“谁！”

这时一旁窜出一个小太监，原来明世宗生性多疑，他派小太监出来探一探，夏言在做什么。

夏言大吼：“你鬼头鬼脑在干什么？”

“没没没，没事。”太监吓得舌头打了结。

夏言身材魁梧，声如洪钟，他发起脾气来很可怕。他与中国传统的读书人一般，对太监没有半点好感，因此太监们见了他就双腿发抖。

严嵩可完全不一样，他知道，明世宗别的事不在意，就在意值宿写青词，因此万分小心伺候着。

小太监来了，严嵩远远打着招呼，客客气气请了进来，小心翼翼伺候着，打探皇帝的饮食，打探皇帝的身体。严嵩最厉害的是有一招，他一面讲话一面笑盈盈地把黄金塞入小太监手中，笑眯眯道：“不成敬意。”

小太监每次来，每次都不会空手而返，因此小太监离开严嵩之时，总是边跑边笑，把手上的黄金玩来玩去，心中好乐。

可想而知，当明世宗问起夏言的情况，小太监总是说：“夏大人在睡觉。”

“哼，”明世宗不满意道：“难怪青词愈写愈差，再三重复。”

至于严嵩呢？小太监拿了黄金，大大吹捧，明世宗也再三夸奖：“写得又多又好，真是十分用心啊。”久而久之，明世宗专宠严嵩。

# 严嵩的道士冠

严嵩因为夏言的美言，得以位居高位，亲近明世宗。但是严嵩并不以此为满足，他希望能够除掉夏言。夏言值宿之时，对小太监如同奴仆一般，严嵩却待若上宾，并且不时塞一锭小黄金放入太监的衣袖里。

当然，拿人的手短，小太监得到了严嵩的好处，总是不忘吹嘘："严大人对写青词十分认真，头都抬不起来，让人看了真是好感动。"

明世宗也点头了，他的确写得又好又多，文字古奥，一般人还真看不懂哩。

至于夏言，小太监则长长叹一口气："还不是又在打瞌睡。"

"嗯，难怪许多文章都是重复的，他还以为朕不知道哩。"明世宗很不满意。

"听说这根本不是夏大人所写，而是他家中的门客代笔的。"小太监又加上了一句。(所谓门客，古代豪贵之家养的食客称为门客。)

明世宗更生气了："他竟然胆敢这样敷衍朕！"

严嵩对夏言表面恭顺，背后却不断找麻烦拆他的台。夏言身边的朋友觉得不妙，纷纷警告夏言："你要小心严嵩，这人一肚子鬼。"

"不会的，他是我的同乡，我们是江西人，他的位子还是我力保的。”夏言一点也不以为意，并且神气地说：“昨天他邀我今天去他家喝酒，说是新来的厨子擅长鱼翅，我懒得去。”

“那么，不如去看看，仔细观察一番也好。”朋友仍好言相劝。

“好！”夏言就坐上轿子直往严府。门房见了他都恭谨下拜，夏言挥一挥手道：“不必通报。”

事实上，当夏言轿子还没有抵达严府，早有严嵩安排在夏言旁边的眼线通报严嵩，因此夏言直闯而入，“正巧”发现严嵩跪在原本夏言该坐的首位之下敬酒，只听见严嵩这位大声公的嗓门，一次次地重复：“感谢夏大人的提拔，我严嵩肝脑涂地，无以为报。”

夏言走到严嵩身后，用力一拍严嵩的肩膀，严嵩这才装成刚刚发现似的，惊喜地叫了出来：“您终于还是来了，感谢！感谢！感谢不尽！”严嵩用力地在地上磕头。

夏言回忆道：“当初若不是你跪在我家门口又哭又喊，我也没机会认识你这个同乡。”

“可不是吗？”严嵩又讲了一堆“恩同再造”之类的马屁话。严嵩跪在夏言门前的往事，乃是严嵩心中一大伤痕，夏言竟然一提再提，完全不在意严嵩的颜面，严嵩恨死了夏言，他一面叩头一面盘算着该如何彻底击垮夏言。

夏言完全没有感觉，回到家，他对朋友说：“你们过虑了，严嵩见了我，就成了一只小狗般，他完全听我的。”

隔了几天，明世宗在西苑召见五位大臣，包括首辅夏言、成国公朱希忠、京山侯崔元、大学士崔銮以及礼部尚书严嵩。明世宗自己爱穿道士袍，就也制了五件道袍，以及五顶用沉香木制的道士冠送给五位臣子。

这一回，除夏言外，其他四位都乖乖换上道士衣冠。夏言这人真不识趣，自己不换也就罢了，竟然还上书明世宗，劝明世宗别穿戴这不伦不类的衣冠。

明世宗见夏言仍穿朝服就火大，再看严嵩不但换了道士衣冠，另外用一层黑纱笼在冠上，表示敬意。明世宗一双眼睛就朝这顶瞄了又瞄，显然十分欣赏，严嵩知道机会来了。

果然，明世宗把严嵩单独留了下来，夸他道："你戴上这一顶道士冠有神仙之姿也。"

严嵩突然跪了下来，放声大哭："臣因为戴这顶冠，被夏大人再三斥责。"

"哦？"明世宗眉毛挑了起来："对，他连朕换道袍都有意见。"

"还有，臣劝他别老往东宫跑，他竟然……唉……"严嵩益发泣不成声，他知道这一着稳稳地打中了明世宗的心。

古代皇帝手握大权，因此连自己亲生儿子也不相信，就怕儿子夺权。明世宗自己身体弱，又不理朝政，老是担心会有臣子拥太子与他对抗。蒋太后、张太后过世之后，慈庆宫、慈宁宫都空了出来，因此夏言主张，国家财政困难，太子东宫兴建新宫需用一大笔经费，不如改慈庆宫为东宫府。

这本来是一件小事，但是严嵩抓住明世宗对太子的疑心，并且加油添醋地说是夏言与太子走得挺近的。明世宗怒火中烧，对严嵩说："朕自会处置的。"这一晚，明世宗又失眠了，他幻想着太子不轨，气得吃了两倍的安神丸依然无法安神。

# 掏心掏肺与吃心吃肺

严嵩是夏言一心一意栽培的同乡，夏言也是严嵩一心一意去除的对手。严嵩擅长逢迎，夏言刚正不阿，明世宗愈来愈不满意夏言。

严嵩挑拨离间，说夏言与太子走得很近，明世宗一听这还了得，莫非夏言想要拥立新君，把他挤下皇帝宝座？严嵩看到明世宗脸色发绿，难看到极点，心中暗喜。

第二天，严嵩又跑去见明世宗，这一回派给夏言的罪名更大了，京师一带暴雨成灾，都是因为夏言违反了天意。明世宗也就听进去，下谕旨痛斥："今日神鬼皆怒，大雨伤了禾苗……"他甚至怪罪言官没有早日弹劾（hé）夏言，简直是"连一条狗都不如"。

夏言遭到当头闷棍，不晓得自己犯了什么过错，上疏自请退职，明世宗也就把他革了职，并且怪夏言"深深辜负了朕一片恩遇之礼"。

夏言莫名其妙被革职，回到家乡江西，严嵩替代了夏言的职务，以本官兼武英殿大学士入阁，仍兼掌礼部事，集大权于一手。

夏言真是难过极了，他觉得自己的心，似乎被小鸟的尖嘴，一口一口咬下嫩肉，流下鲜血。夏言在前往家乡的路途上，一路喃喃叹着："我掏心掏肺，他吃心吃肺。"他不明白，为何他一片诚心，极力帮助严嵩出头，严嵩却要恩将仇报，他不明白。

夏言问他一个门客道："我对严嵩这般亲爱，甚且为他改奏章，我是这般爱才，他为何要算计我？”

门客摇摇头道：“严嵩自认为才高八斗，天下文章是自己的好，他受不了别人对他一点点批评。再说，严嵩的野心极大，他老早视你为假想敌，我们早就看出来了，唉！”

“可是，他对我是如此恭谨小心，看起来也十分诚恳。”夏言伤心极了。

门客道：“这正是严嵩厉害之处哇。”

夏言不再多说，回到家中，任何时候，只要想到严嵩，他就觉得小鸟又咬了一口他的心，严嵩真是吃心吃肺呀。

夏言在家待了两年，他每逢节日与皇上生日，一定奉表为贺，自己署名为“草土臣”，明世宗很欣赏“草土臣”这三个字，让他觉得，“嗯，很好，果然低头了。”于是，世宗又把夏言找了回来，担任首辅，严嵩碰到夏言，永远矮一级，又降为阁僚了。

这一回，夏言咸鱼翻身，重新获得重用，他当然已经认清了严嵩的面目，可是严嵩的确演技精湛，完全没这回事一般，又扮着笑脸，走上去想握夏言的手。

夏言火了，头一甩，理都不理。

严嵩依然不动怒，不生气，照样前去拉椅子，小心伺候夏言坐下来。

夏言勉强忍住火气，他很想抓起严嵩的衣领，问一个明白：“我掏心掏肺，你为何吃心吃肺？”

回到家，夏言自己讶然发现，他一见到严嵩，居然还有一种亲切感；因为严嵩的笑容太诚恳了，眼中又有一线羞赧（nǎn）；就像当年初识时一般，夏言拿起一颗骰（tóu）子，望着上面写的“东”“西”两个字，他暗暗立誓：“严嵩不是个东西，我得小心！”

因为时时刻刻自我提醒“严嵩不是个东西”，因此，他每天自带饭菜，拒绝与严嵩一般食用内膳房为内阁大臣准备的酒菜。

他们两人吃饭的情形很妙，严嵩坐这一头，夏言在另一头，夏言的眼睛绝对不看严嵩一下，免得玷（diàn）污了自己的眼睛，一个人低着头，默然进食，严嵩仍然堆起满面笑容，企图把菜放到夏言碗中，夏言站起来，大喝一声："你干什么？"严嵩吓得不敢再理夏言。

夏言本来严肃，本来高傲，此番回来，他对严嵩是完全不假辞色，他心中受伤过重，一看到严嵩，想起他无情无义，马上就想起一个字"喙（huì）"——鸟的尖嘴，也为了避免鸟的尖嘴再啄心，于是，所有大权，夏言一人独揽，也不与严嵩说一句话。

夏言每次见到严嵩，那种嫌恶的表情，仿佛就在昭告全天下人，"我夏言瞧不起严嵩"，严嵩恨死了，表面上却不动声色，夏言手上有一堆严嵩贪赃枉法的证据，正想举发。

严嵩知道了，他带着儿子严世蕃来找夏言，夏言不见。严嵩又重施故伎，拉着儿子长跪大哭，哭得惊天动地，并且哀嚎："世蕃本来只有一只眼睛，干脆另一只眼睛也哭瞎吧。"

夏言心肠一软，又出来拉起了严嵩父子，他想起了那两颗骰子，他心想："我又理严嵩了，看来，我才不是一个东西啊！"

# 曾铣的壮志

夏言提拔了严嵩，严嵩却整垮了夏言，害得夏言回到家乡，待了三年。后来，明世宗想念夏言，又把他找回来，担任内阁首辅。夏言决心不再理会严嵩，但是，当严嵩为儿子严世蕃跪在地上求情之时，夏言又心软了。

夏言回到书房，把玩着骰子，直直地看着“东”“西”两字，他自嘲道：“我又理会严嵩了，我真不是个东西。”

这次回到朝廷，夏言心痛无比，他看到严嵩是如何一手遮天，到处伸手要红包，他真是后悔提拔了严嵩。但是，就算现在夏言手上掌握了证据，皇帝却是一个极其护短的皇帝，明世宗会办严嵩吗？他颇为迟疑。

过了几天，都督陆炳利用售盐贪污，金额数目极大。夏言准备整治，陆炳学着严嵩的样儿，也两腿一屈，跪在夏言门前苦苦哀求。

夏言觉得好伤心，又好为难，严嵩、陆炳都是他重用的人，如今却做了如此对不起国家的事，夏言摸一摸胸口，又仿佛有一只小鸟用尖嘴啄他的肉，流出了汩（gǔ）汩鲜血。

夏言捣着胸口沉思；陆炳跪在地上，心中却十分恼火，在他看来，都是自己人，何必这般不通融。

最后，夏言一挥手道：“算了，你起来吧！”

陆炳不断地叩头谢恩，内心却不以为然，做官本来就是这么一回事，谁不拿点外快？

离开了夏府，陆炳直奔严府，找到不久前才下过跪，膝盖还是热着的严嵩，两人一起大骂夏言：“又不是拿他夏家的钱，摆什么难看脸色，不通人情之至。”

严嵩沉吟道：“我担心的是议复河套之事啊。”

陆炳回答：“万一做成就糟了。”

所谓河套，指的是内蒙古和宁夏境内，贺兰山以东，狼山与大青山以南的黄河沿岸地区，因为黄河在这儿，形成一个仿佛套子一般的大弯曲，所以称之为河套。河套地带三面临黄河，土地丰饶，水草茂美，因此有粮仓之称，嘉靖年间，被蒙古占领。

兵部侍郎曾铣（xiǎn），曾经平定辽阳，有本领，有大志，他上疏请求出兵，恢复河套。夏言是一个热烘烘想为国家做事的人，看到曾铣的奏章十分兴奋，大力支持曾铣的计划。此外，夏言的岳父苏纲与曾铣是扬州同乡，对曾铣的为人十分佩服，更加强了夏言的信念。

曾铣要求朝廷拨数十万军饷与调山东、河南之兵增援。明世宗

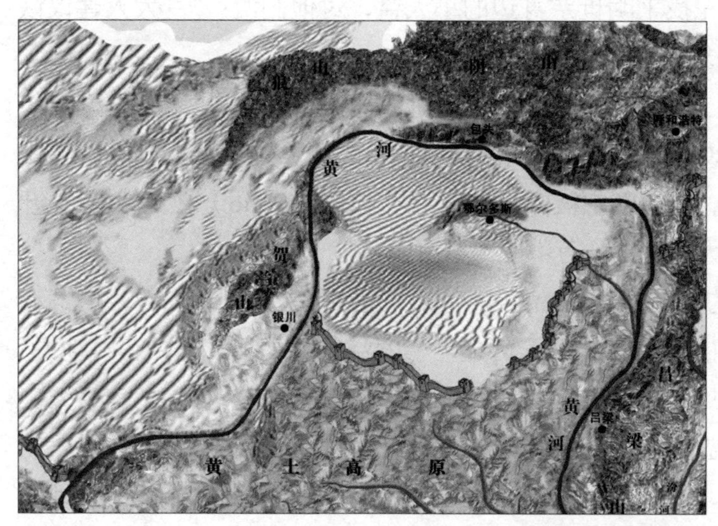


河套地形图。

虽然支持曾铣的计划，但是他一向小气，便以财政困难为理由，此事缓议，以后再说。

但是，曾铣是一个急性子，报国心强烈，嘉靖二十六年（1547年），蒙古兵侵扰，居民吓得不敢外出，曾铣亲自挑选了一些锐卒，亲自出马应战，竟然把蒙古军击溃，过了几个月又出征一次，又是大获全胜。

捷报传到了京师，明世宗当然十分高兴，也就接受了曾铣建议的恢复河套之举。曾铣办事仔细，他又画了八张布阵图，包括“骑兵迎战”、“步兵搏战”等，明世宗颇为赞赏。

曾铣受到明世宗的鼓励，夏言又从旁加油，曾铣更是兴奋，积极准备恢复河套。但是，曾铣锋芒毕露，表现良好，却让其他文臣武将喝了一杯醋，酸得发呕（ǒu）。

陆炳对严嵩说：“以曾铣之才干，以及不要命向前冲的作风，很可能真的一举恢复河套，那么，夏言建此边功，不但可以稳保相位，甚至能够名留青史。”

严嵩笑一笑道：“别担心，没这么容易的。”

严嵩先找来明世宗身边的小太监，对他们说：“夏大人建议恢复河套，这可危险了。”

“为什么危险呢？”小太监不懂，“收复失地总是好事啊。”

“这你就不懂了，想以前英宗皇帝之时，也是王振好战，主张英宗亲征，结果英宗被俘！称之为‘土木堡（bǎo）之变’，万一开战，蒙古大军南下，万岁爷岂不可虑？”

“说的也是。”小太监点点头，表示赞同。严嵩说着，悄悄在小太监手中，塞了一小锭黄金，小太监心中高兴，嘴中客气地说：“不好意思。”严嵩笑一笑，又递上一小锭黄金。

小太监最喜欢赴严府，每次都不落空，最害怕去夏府，夏言从来不客气，更别想要有赏金。既然拿了严嵩的好处，不能不帮他说话，因此，小太监把两锭黄金藏好后，就开始在明世宗耳朵旁一遍一遍地说："打仗多危险呵，蒙古军又厉害，谁有把握呢？"明世宗果然心中毛毛的。

# 夏言的遗憾

明朝大将曾铣建议恢复河套，夏言很支持他的计画，明世宗也非常奖励，严嵩担心夏言立了大边功，因此极力破坏。

严嵩见明世宗一脸兴匆匆，曾铣又打了两次大胜仗，他不敢贸然开口，扫了世宗的兴。但是严嵩知道，明世宗迷信道士，凡事总得问过道士才放得下心。

因此严嵩对明世宗说："恢复河套自是美事，何不让乩（jī）仙卜一卜?"

"对呀！"明世宗赶紧找来道士，严嵩原已"指示"过道士该如何作答。只见道士摆上沙盘，竖起乩架，焚香祷告了半天，最后拿起乩笔，危危颤颤写下了六个字"主兵火、有边警"。

明世宗看到脸色大变，呆呆地坐了下来。

严嵩一见明世宗变脸，立刻落井下石："大明朝有家法，不能把整个兵权给臣下，夏大人上奏，请求誓剑，统制各路将帅，这个……"

明世宗最怕臣下揽权，心中更不痛快了，所以原先是他自己支持曾铣的计划的，一会儿工夫，口风完全变了，他下谕指责道："以征逐为名，出师有名吗？再说就算国家有余兵，仓库有余粮，可以预见成功吗？曾铣一个人的话可信吗？老百姓的安危谁又顾到了呢？"

一见到明世宗发了脾气，严嵩马上上疏，指责曾铣"好大喜功，穷兵黩（dú）武”。并且赞美明世宗“救了陕甘百万生灵”，至于他自己，“虽然身在内阁，但是大小事都无法参与，不能阻止，请求予以处分。”

严嵩这一招真狠，似乎他最考虑圣上安危，夏言完全不顾皇帝生命，明明恢复河套是明世宗自己大力支持的啊，不过，做皇帝的岂会讲道理。明世宗一怒之下，曾铣被押解来京，夏言又第二次被赶回家乡。

夏言、曾铣一心为国消除边患，竟然遭此下场，当时的人都为他们两人抱不平。

严嵩、陆炳见计得逞，十分开心。严嵩说：“上一次夏大人回到家乡，过了两年，万岁爷想念他，又把他从家乡找了回来，这一次难保不会旧戏重演。”

陆炳说：“得想一个方法断了此路。”

“我有办法。”严嵩笑得阴险；严嵩聪明，聪明的人做起坏事来格外厉害。

严嵩找到了刚刚被捕下狱的仇鸾（qiú luán），代他拟了一份奏疏：“曾铣曾经吃了败仗，没有上报朝廷；曾经克扣大笔军饷（xiǎng）；曾经拜托苏纲向夏言行贿。”

明世宗看了，气得跳脚：“幸亏朕阻止了恢复河套计划，不过这是真的吗？夏言真的受贿吗？”

“怎么不是真的呢？苏纲是夏言的老丈人，他与曾铣是小同乡，都是扬州人。”严嵩赶快补了一句话。

“朕还不知道他们有这一层关系，难怪夏言帮曾铣说话。”明世宗愤愤不平，觉得自己受了骗。其实，他真是脑筋不清楚，苏纲与夏言是岳婿关系，并不代表夏言就一定受“贿赂”啊，反正世宗容易动气，一气起来就乱下决定，他还认为自己是最公正明理的皇帝哩。

夏言，选自《历代名臣像解》。

因此，明世宗大怒，把苏纲捉来审问，由陆炳主审。陆炳用尽了各种刑具，把苏纲打得体无完肤，最后承认曾经“拿了五千两曾铣的贿赂款，并且转了两万两银子给夏言”。

明世宗更生气，派人把夏言自家乡押解到京，夏言简直不知道自己犯了什么错。

严嵩知道，明世宗一见到夏言，想起他种种好处，一定还舍不得杀夏言，因此他又塞了一些黄金给太监，拜托他们到明世宗身边放话。

于是，小太监对明世宗说：“夏言出京时，一路之上都在嘟嘟哝哝的埋怨，说是明明万岁爷自己赞成出兵河套，又为什么出尔反尔！”

明世宗这个皇帝最为小器，尤其不能忍受臣下埋怨，他一听夏言曾经抱怨，立刻血从脑门上冲，下谕责备夏言：“朕把夏言当心腹，夏言又怎么待君王的？曾铣之事，自己不知道认错，以前朕赐道士冠，夏言非但不戴，并有怨言。”

最后，夏言以六十七岁高龄，被斩于市。临死之前，夏言当然知道是严嵩一步步严密设计出来的毒计。

夏言被五花大绑押向刑场之时，他喃喃自语："我是冤枉的。"走了几步，他摇摇头，"不对，我提拔了严嵩，祸国殃民，我是罪有应得啊。我只看到严嵩的才气，没看到严嵩的败德，看到了也未曾力阻，我是恶有恶报哇！"

# 丁汝夔上当

明嘉靖十三年（1534 年）之后，鞑靼时时入侵，嘉靖二十五年（1546 年），总督三边侍郎曾铣向朝廷建议，应当收复河套之地“以壮中国之形势，此中兴之大业也”。明世宗原先欣然同意，后来，严嵩挑拨，加上乩（jī）仙的结果不利，他又打了退堂鼓，并且迷迷糊糊将夏言与曾铣处死。

曾铣是一个慷慨热情的大将军，富于谋略，擅长用兵，一心报国，却被严嵩害死，当时的人都为他感到惋惜。他一死，谁也不敢再开口提起“恢复河套”，当然，鞑靼仍然不断入寇。

这时候，担任宣化、大同总兵的人是仇鸾。他原来是甘肃总兵，因为贪污被捕下狱，在监牢里，他找人拎了一大袋白米送到严府。

严嵩的管家把白米扛进来，发现名片上写的是“敬奉白米”，下款是“干儿子仇鸾”。严嵩当时收了不晓得多少个干儿子。

他嘿嘿冷笑道：“我还没有答应当他的干爸爸哩。”

说着，严嵩打开袋子，原来不是什么白米，而是亮闪闪的三千两黄金，他笑眯眯地说：“嗯，这一个干儿子倒是挺孝顺的。”于是，仇鸾出了监狱，获得重用。

仇鸾这个人没有半点本事，是一个大草包，他笃信一句话“有钱能使鬼推磨”，果然他咸鱼翻身，又成了大将军。

嘉靖二十九年（1550 年），俺答入寇，朝廷派遣仇鸾为宣大总兵，他退敌的方式仍然是“有钱能使鬼推磨”，仇鸾派人送一大袋黄金给俺答："拜托，拜托，你们攻打哪里都好，就是不要出兵攻打大同。"

俺答轻蔑地嘲笑："哎，你们这些中国军队啊，没胆子！"看在黄金的分上，俺答改攻古北口，一路势如破竹，攻到通州。

这时兵部尚书丁汝夔（kuí）十分着急，跑来找严嵩想办法。

严嵩慢条斯理说："在边界上打仗，败了可以掩饰，还可以假报胜仗，谁也弄不清楚，但是在京师附近，败了可没法掩饰。"

"对呀！"丁汝夔头顶上的汗珠，一颗一颗往下掉，"北京城中的官军，加起来不到五万人，而且一半是老弱残兵，如何能打仗？"

"很简单，关上门，不打就是了，让俺答部队尽量劫掠。反正捞够了，他们自然就会走。"严嵩一副老神在在的模样。

"对呀！这是个好办法。"丁汝夔千恩万谢地走了。回去下令"切勿轻战"。

这晚军队原本听到鞑靼俺答入侵，已经两只脚发软，走起路来摇摇摆摆，如今接到命令不开战，个个乐得跷起二郎腿歇息歇息。

蒙古俺答汗像，佚名绘。俺答汗原为土默特万户，1542年成为蒙古右翼三万户领袖，1550年率军进逼北京城下，迫明朝开互市，1571年被明朝封为顺义王。

由于明朝军队缺席，俺答部队如入无人之

境，通州以下，昌平、诸陵、密云、怀柔、三河、义顺、良乡以及北京城外的人民就遭了殃，又焚又杀，又抢又夺，老百姓苦不堪言，听说是丁汝夔下令“切勿轻战”，因此个个破口大骂：“丁尚书是混蛋。”

此时，各路援军赶到，仇鸾被任命为大将军，他听说丁汝夔不迎战，他当然也不开战。更过分的是，他纵容大同兵队脱下军服，跟着鞑靼兵趁火打劫，纪律比流氓土匪还坏。

八天后，俺答部队洗劫一空之后，扬长而去，这时候，仇鸾找了八十多具老百姓的尸体，谎报军功，说是自己击败俺答，这真是开玩笑，明世宗竟然优诏褒奖，相形之下，丁汝夔完全采取守势，明世宗大为不悦，下令逮捕审问。

这时严嵩慌了，因为丁汝夔是照他的话闭门不应战，若是他源源本本招了出来，严嵩岂不也被牵累？因此，他先派人给丁汝夔一颗定心丸：“你放心去受审，有我在，包你无罪。”

丁汝夔见到明世宗，发现万岁爷一脸铁青，他什么话也不敢说，只心中一遍遍安慰自己：“没关系，没关系，有严嵩在，不用怕。”

丁汝夔应讯时职方郎王尚崇也被牵涉其中。丁汝夔够义气地说：“罪在我一人，王郎中没关系。”

应讯完毕，丁汝夔回到牢中，心中一片平静。他心想，仇鸾也曾入狱，由于严嵩的关系，后来也安然无恙出来了，既然有了严嵩的保证，他大可以高枕无忧。

一直到有一天，狱卒来了，他高兴地站起来迎接，以为可以回家，洗澡换衣服驱霉气，结果竟然是“前往菜市口”，也就是带赴刑场。丁汝夔大叫：“严嵩误我！”到了刑场，发现王尚崇的儿子王化，王化赶过来谢丁汝夔：“谢谢你的大恩，家父免罪。”丁汝夔道：“哎，你父亲劝我开战，我不理，误听了严嵩的话，我自己没有长眼睛，死了也没有遗恨。”

# 严世蕃闹酒

俺答入寇，明军采严嵩的方式，放手任凭俺答劫掠。俺答军抢了太多金银牛羊妇女，实在载不动了，于是大军出关。明朝仇鸾借此机会杀了一些老百姓，假冒俺答军队的首级，竟然向朝廷报功，迷糊的明世宗竟然论功行赏，真是“兵不如匪”。

明世宗对仇鸾的“英勇”大为嘉许，并且加升为太保。仇鸾十分得意，向世宗谢恩，拍着胸脯道：“臣将于冬日出塞击败虏敌，以报入侵大仇，光我大明朝之威风。”

“好！”明世宗大乐，立刻又宣布，仇鸾入掌三大营，统摄京营，“朕就是需要你这样勇于任事的人才。”

仇鸾又叩了一个响头，“臣请求驻扎于宣化大同之间，整顿兵甲，待冬月大举出塞，以扬国威！”

“好，一切如你所议！”明世宗精神抖擞，龙心大悦。这时候，兵部侍郎史道、户部尚书孙应奎、工部尚书胡於（yū）一起磕头：“愿意协助仇大将军筹备兵事。”

明世宗更乐，一时之间，仿佛消灭俺答的计画就在眼前。其实，除了明世宗，朝廷内外都知道，仇鸾胆小如鼠，根本没有驱敌的能力，他最大的本事就是讲大话，现在牛皮吹足了，下一步不知道该怎么走，至于兵部侍郎史道等人，都是随着明世宗的情绪起伏演演戏，否则，谁扫了明世宗的兴，就要大祸临头了。

仇鸾志得意满地走出大殿，嘴角浮着微笑，偏偏一出门，就遇到他最不喜欢遇到的人——他的义父严嵩。严嵩摸一摸仇鸾的头道："儿啊，恭喜你，想你蹲在狱中吃牢饭的时候，没料到有这么风光的一天吧？"

仇鸾很讨厌严嵩摸他的脑袋，他又不是小孩子，他是堂堂大将军哪，他也最不愿意提及在狱中不光彩的一段。他原为甘肃总兵，因为贪污下狱，后来以三千两黄金贿赂严嵩，拜严嵩为干爹，这才出了牢狱，得以重任。

仇鸾心中不乐，脸上却漾起夸张的笑容："这全是拜义父再造之恩。"

"嘿嘿，"严嵩干笑两声，故意表示亲热地拉着仇鸾的手，"今晚我要值西苑，万岁爷要写青词，非找我不可，你可以到我家，让东楼为你贺一贺。"

一听东楼，仇鸾心就凉了，东楼是严嵩儿子严世蕃的号，严嵩不称"小儿""犬子"，反而称东楼，这绝对不合中国人的规矩的，不过也可以显现，东楼的地位不凡。

仇鸾没有不答应的权利与自由，他忙不迭地说"不敢当"，心中却叫苦连天，他不想待在京里，与东楼大有关系。

严嵩的外貌是高高瘦瘦，白白净净，非常斯文有礼，带有几分不食人间烟火的韵味，因此，明世宗才特别欣赏他的道士打扮；严世蕃的外貌与父亲完全不一样，黑黑粗粗、矮矮胖胖，颈子与脑袋黏在一起，还瞎了一只眼睛。

严嵩与严世蕃在一起是可笑的对比，尤其严嵩脖子特长，仿佛是一只昂首的天鹅，严世蕃却没有脖子，好像是青蛙，但是父子两人个性一般，《明史》中用"剽悍阴贼"形容严世蕃。

严世蕃并没有参加过科举考试，但是却凭着严嵩的关系当到了工部侍郎。事实上，严世蕃的外号是"小宰相"，他比父亲这个大宰相还要厉害三分，没有人不怕他。严世蕃自认是"天才"，自夸“颇通国典，畅晓时务”。他也的确是个鬼才，明世宗时常在御札中夹了一张小纸条，严嵩总是猜不透，严世蕃却一下便猜中世宗的心事。

严世蕃最大的本事就是收红包，哪个地方油水如何，肥缺如何，他一清二楚，谁也别想瞒他。严世蕃还有一项本事——闹酒，管他是达官贵人，或者是长辈，他非把人家灌到受不了为止。

仇鸾一听晚上严世蕃要请客，他就心中烦闷，每次都被灌得痛苦万分。其实，仇鸾也不是没酒量的人，但是，谁能像严世蕃一般，把酒当水喝?

果然，这晚仇鸾升了官，严世蕃可不饶他，仇鸾先自己喝了三杯，又罚了三杯。

严世蕃突然大叫：“唉，你们看，仇大将军长得像青竹蛇，头尖尖的，又黑黑的，正好喝竹叶青嘛！”

客人回头一看仇鸾，嘿，果然脸长得像蛇，一副奸相，谁也不敢笑，严世蕃对自己的创见十分兴奋，拿着筷子敲桌子道：“来，青竹蛇喝竹叶青。”

仇鸾左一杯右一杯地喝下去，一直喝得大呕大吐，歪倒在地，不省人事，严世蕃这才让人把僵直的仇鸾抬了回去。仇鸾醒来之后大叹：“这个官还真不好做，难怪有人说只见小偷吃肉，不见小偷挨打，做官的苦谁知道哇！”

# 赵文华得罪干爸

明朝嘉靖年间，俺答入侵，大将军仇鸾（qiú luán）不敢迎敌，待俺答劫掠一空、呼啸而去之时，竟然割下许多老百姓的脑袋去邀功。明世宗这一个昏庸的皇帝论功行赏，令仇鸾入掌三大营，仇鸾大喜，自称将整顿兵甲，到冬天大举出塞，以扬国威。

仇鸾一向好说大话，也一向招摇撞骗赢得荣华富贵，但是这个牛皮吹得太大了，当他回到大同，左思右想，一筹莫展，第一，仇鸾根本不会带兵打仗，他哪有本事击退俺答，真是开玩笑。第二，严嵩等着他这个干儿子孝敬大红包，严嵩的儿子严世蕃要得更凶，这笔钱不晓得该从哪里开支。

仇鸾一急之下，背上长了脓，这是他的老毛病，压力一大就会发作，他一面请医生看诊，一面叹息："这个官还真不好做。"

正在此时，俺答提出要求，希望开马市，就是明朝购买俺答的蒙古马。仇鸾大乐，他的如意算盘是俺答既然互市，暂时不会进兵，仇鸾自己也能在买马之中抽取油水。明世宗也批准了开马市。

嘉靖二十六年（1547 年），杨继盛上书，反对开马市，认为与俺答做生意不可靠，果然过没多久，俺答送来的马又瘦又小又弱，连小孩子都不能骑，却要求极高价格，双方闹得不开心，俺答再次入侵。

仇鸾更急得团团转，一惊一吓，他背上的脓又发了，痛得辗转难眠，他不晓得该如何应付眼前的危急，也缺乏了求生的斗志，因此原本是小病，居然一命呜呼。

狡狯（kuài）的严嵩担心会受到干儿子仇鸾的牵连，他先发制人，秘密上疏，揭发仇鸾通敌。明世宗提了仇鸾的亲信审问，发现仇鸾果然曾经贿赂俺答。虽然仇鸾已经死了，明世宗可不饶他，下令敲开棺木，割掉脑袋，仇鸾的牛皮终于还是拆穿了。

仇鸾是严嵩的干儿子，显然，严嵩一向不顾念父子之情的，看在其他干儿子们眼中，自然十分心寒，其中一个干儿子赵文华决心自找门路，自求发展。

赵文华是嘉靖八年（1529 年）进士，个性奸滑，拜严嵩为义父，严嵩保他升为工部尚书。他想要入阁拜相，越过严嵩，直接去拍明世宗的马屁，赵文华进了一种药酒的方子，他夸大道："这是神仙传授，喝了这种药酒，可保不死。"赵文华为了怕明世宗不相信，他还特别加了一句话："这神仙之方只有严嵩与臣子知道。"

不料明世宗的反应是："严嵩有这样的方子，为什么不赶忙进呈给朕？"明世宗喝完百花仙酒，觉得十分甘醇，就下了条子责问严嵩。

严嵩吓坏了，立刻婉言解释："臣生平不喝药酒。"然后转身痛责赵文华；赵文华跪在地上，哭哭啼啼，坚持没这回事。严嵩把赵文华进药酒的方子往地上一扔，气呼呼地走了。

赵文华心想，这下子糟了，得罪干爸爸岂是好玩的事？立刻赶到严府道歉。门房见到赵文华，不准他进入，赵文华连忙摸出几锭黄金，门房才放他进来。

这一天，严嵩与儿子严世蕃、严鹄、严鸿和一批干儿子们正在开怀畅饮，赵文华不敢进来，躲在窗子外面。

欧阳夫人陪着老爷喝着酒，突然问："文华怎么没来？"

"哼！这个负心的奴才，哪得在此？"严嵩冷笑道。

欧阳夫人平日接受不少赵文华的孝敬，少不得为他讲讲情，说一说好话，这时躲在窗外的赵文华，推开了门，一路膝行跪到了严嵩跟前，哭个不休。严嵩不耐烦，勉强把他扶起一块儿入座，但是心中仍然不谅解。

除了严嵩之外，严世蕃也在心中怪赵文华不够意思；因为赵文华这一回自浙江回来，送给干爹干妈的礼颇为厚重，但是对严世蕃的礼，世蕃嫌不够。

赵文华送严世蕃一顶“金丝幕”。严世蕃认为漂亮是漂亮，顶多几十两黄金。另外，赵文华送严世蕃二十七个姨太太一人一个“宝髻（jì）”，就是头上戴的点翠镀金玉簪髻，二十七个应该也花了不少银子，可是姨太太们不满意，严世蕃也嫌赵文华小气。

于是父子两人，决心给赵文华教训。

正好过了两天，明世宗在宫中散步，远远见到宫外长安新街起了一座雄伟的大宅，就问侍从：“这是谁的宅第？”

“赵尚书新宅也，工部大木头都拿来盖大宅了，难怪西苑新阁至今未完工。”明世宗不悦。严嵩知道消息，建议赵文华上书请求病假一个月，而明世宗早就规定在他斋祀期间，谁也不准上疏奏事，因此赵文华上书，不但准予罢官，并且削职为民。赵文华被干爸爸捅了一刀，愈想愈伤心，竟然在船中肚皮裂开，五脏流出来，当场毙命。严嵩与干儿子们，彼此以利害结交，岂有什么真情真义呀？

# 沈炼放炮

严嵩、严世蕃父子两人狼狈为奸，朝廷人人自危，尤其严嵩义子赵文华，因为送严世蕃二十七个姨太太的礼送得轻了，严嵩父子联手报仇，将赵文华送上了西天。

消息传出之后，人人自危，赶紧纷纷送礼到严府。严氏父子不只是逢年过节收礼，他们是天天等着官员送礼。严世蕃兴趣广泛，不论古董、奇器、书画、黄金、珠宝都喜欢，尤其不能忘记，他有二十七个姨太太，每个都不能少收一份礼。

因此，严府门前，日日夜夜水泄不通，远远望去，一排一排送礼的箱子，真是非常壮观，整个街道全被塞住了，大家都敢怒不敢言。

有一天，来了一个叫沈炼的，相貌英挺，一脸正气，他侧着身子走过送礼行列，用手敲一敲木箱道："这又是送给严世蕃的古董吧，想必价值不凡。"

挑夫挡住沈炼的手："你小心点儿，弄坏了你可赔不起。"

沈炼道："实在不像话，这样大规模地收礼，送礼的人又要贪污多少才能孝敬严世蕃。"

挑夫撮（cuō）起嘴唇道："小声点。"

"我偏要说，这会败坏整个国家的根基。"沈炼嗓门更提高了。

挑夫不以为然地回答："你别尽对我们这些下人说，有本事你就直接对严府的人开炮。"

"你以为我不敢吗？"沈炼扬长而去。

沈炼走远了，一些挑礼物来的家丁挑夫们聚在一起讨论："这个小子口气不小，他是什么人，最近是不是不小心吃了老虎胆？"

一位陆炳家的家丁说："我晓得他，我家老爷很欣赏他，这人叫沈炼，嘉靖十七年（1538 年）进士，官职很小，不过是锦衣卫经历，志气却不小，敢讲话，很有正义感。"

沈炼一路走，一路愤愤不平地自言自语："严嵩、严世蕃目无法纪，陷害忠良，就是因为没人教训他们，我逮到机会，绝不放过。"

过了两天，严世蕃请客，请了锦衣师陆炳。陆炳因为爱才，喜欢沈炼，就把沈炼给带了去。沈炼见严世蕃就讨厌，这倒不是因为严世蕃黑黑胖胖，没有脖子。一个人的五官长相不是重点，重要的是气质谈吐，严世蕃满脸横肉，酒色财气，妄自尊大，俗不可耐到了极点，偏偏还要附庸风雅，表示自己有艺术品味。

严世蕃一向爱闹酒，这天晚上相中一个林公。林公正准备退休了，人长得瘦瘦小小，十分畏缩恐惧，他已经被命令喝了五杯酒，整个人摇摇晃晃的。

终于林公"哇！"的一声，吐了出来，又害怕又惊恐，拉着衣袖子擦拭嘴角。

严世蕃不放过林公，他又递过一杯酒道："嗯，再来五杯吧。"

沈炼看不下去，他一把夺过严世蕃的酒杯，不客气地指责道："世蕃兄，你也是读过书的人哪，一点也不懂得敬老尊贤吗？"

严世蕃从来没有被人指责过，脸上一阵青一阵白，讪（shàn）讪不敢开口。

沈炼出了严府，一位朋友周久拍着他的肩道："算你行，不过，你敢向皇帝报告严氏父子的罪行吗？"

沈炼拍着胸脯道："哎，天下事，大臣不言，故小吏言之。"

当天晚上，沈炼喝了几杯酒，想起严嵩父子祸国殃民，愈想愈气，流泪不已，铺开纸笔，一条一条写下严嵩的罪状，一共洋洋

劾嚴嵩罪狀書

奏曰臣孫直罪臣蒙天地恩超擢不次夙夜祗懼思圖報稱蓋未有急於誅賊臣者方今外賊惟俺答內內賊惟嚴嵩未有內賊不去而外賊可除者去年春雷久不聲占曰大臣專政冬日下有赤色占曰下有叛臣又四方地震日月交食臣以為皆嵩致請以嵩大罪為陛下陳之高皇帝罷丞相設立殿閣之臣備顧問視草制而已嵩乃儼然以丞相自居凡府部題覆先面白而後奏百官請命奔走直房如市無丞名而有丞相權天下知有嵩而不知有陛下是壞祖宗之成法大罪一也陛下用一人嵩曰我薦也斥一人曰此得罪於我故報之伺陛下喜怒以恣威福羣臣感嵩甚於感陛下畏嵩甚於畏陛下是竊君上之大權大罪二也陛下有善政嵩必令世蕃告人曰主上不及此我議而成之又以所進揭帖刊刻行世名曰

明代大臣向明世宗上《劾严嵩罪状书》。

洒洒写了十条之多，最后请求皇帝诛戮（lù）奸臣，以谢天下。

明世宗正重用严嵩，看了奏疏，勃然大怒，派沈炼一个“诋诬大臣”的罪名，打了一顿之后，贬到保安（今陕西志丹县）。

沈炼求仁得仁，到了保安，当地居民听说这人是英雄，因为痛骂严嵩被贬官，个个钦佩，马上有人领自家的孩子来，请沈炼当老师，教育乡中子弟。

沈炼走到哪儿，都有人指指点点：“这人就是有忠义大节的沈老师。”沿途不断有人对他鞠躬，眼神中全是崇敬。

沈炼教学生讲经书，也教学生练武功。他用稻草捆成三个稻草人，分别挂上三个牌子，写着“李林甫”、“秦桧”与“严嵩”，李林甫是唐朝的奸臣，造成安史之乱，杨贵妃因此死于马嵬（wéi）驿。秦桧是宋朝的奸臣，岳飞死在他手上。每天一大早，乡里子弟就习射箭，常常听到：“哇，我射中严嵩了！”“哇，我射中秦桧了！”此起彼落，兴奋异常。

沈炼既炮轰严氏父子，又射了命名为严嵩的稻草人，最后当然被严嵩以“白莲教徒”的罪名问斩，不过，后来严嵩失败之后，沈炼也被平反，追赠光禄少卿。沈炼知道自己一定会牺牲，他只是希望表彰一丝正气，他无怨无悔。

# 杨继盛争取读书机会

明朝严嵩、严世蕃父子祸国殃民，明世宗却一意护短，夸奖严嵩是“忠心、诚恳、敏捷、通达”。继沈炼之后，另一反对严嵩的主要人物是杨继盛，他也是中国历史上赫（hè）赫有名的大人物。

杨继盛有原则，有担当，择善固执，他的这个特质从小时候就表露无遗。杨继盛七岁的时候，母亲过世，父亲新娶的后母看他不顺眼，时时找麻烦，并且派他去牧牛。

杨继盛每天牧牛时，经过私塾，看到其他小朋友在读书，在摇头晃脑念三字经：“人之初，性本善——”他就也跟着念，一边牵着牛走，一边恋恋不舍地回头望了又望，眼神之中充满羡慕，邻里中的人看见了，拍着家中小毛的头道：“要你念书，你一脸不开心，看看杨家的小孩想读书却不能读，多可怜哪！”

于是，又有好心的叔伯告诉杨继盛的哥哥，杨大哥对继盛说：“你这么小，能学到什么？”

“因为年纪小，就应该去牧牛，不应该去读书吗？”杨继盛不以为然地抢白道。

杨大哥被杨继盛一脸庄严给吓愣了。他回去禀报父亲，父亲不希望邻里人说闲话，勉强答应，后母在旁边插嘴道：“可是，牛还是得归他放牧。”

就这样，杨继盛每天起得更早，先带着牛去山上吃草，再到私塾，把牛系在树干旁，跟着其他小朋友一块儿读书。每天在私塾中的一两个时辰是杨继盛最快乐的时光。由于读书的机会是他费心争取到的，因此格外用心学习。

回到家，后母总是派他一堆工作，唠唠叨叨骂个不完，父亲不闻不问，仿佛没生下这一个儿子，整个家中没有一丝丝温暖；但是杨继盛不以为意，他总是表面沉默，心中一遍一遍背书。

嘉靖二十六年（1547年），杨继盛考中进士，授为南京吏部主事，这时他与尚书韩邦奇感情极佳，两人都是无书不读，同时又爱好音乐。杨继盛的音感很好，曾经自己制造箫管，送给韩邦奇，韩邦奇一试吹之下，大惊道："这是我吹过最准的音调，你哪儿学来的功夫哇。"由于韩邦奇是当时的乐理权威，写了许多音乐方面的专论，他的肯定让许多人对杨继盛刮目相看。

这时候的杨继盛也结了婚，夫人张氏十分贤慧，文雅美丽，知书达理。继盛吹箫，张氏歌唱，夫妻之间相敬如宾，杨继盛的家庭生活美满和乐。

杨继盛其实大可以吹吹箫，写写诗，与张氏过着美丽的神仙眷（juàn）侣生活；但是，他办不到，他每次想到严嵩父子，就忍不住勃然动怒，张氏总是好言好语劝他："生气又有什么用，天下谁不知严嵩为恶？"

"话不能这么说，"杨继盛不以为然道，"我身为读书人，身为朝廷官员，我不能坐视，必须尽我一分力量。"

没多久，杨继盛调升为兵部车驾司郎中。这时仇鸾打不过俺答，想出一个馊主意，希望俺答卖马给明朝，这样，双方有生意往来，俺答就不会出兵攻打，仇鸾也就能安保大将军的位子了。

杨继盛脑筋清楚，思路明畅，他提起笔来就写了"十大不可，五大荒谬"的上疏分析这件事不可能成功的理由，例如：

——如果俺答违约不来，或者是来了，却带来阴谋伏兵该如何？

杨继盛，选自《历代名臣像解》。

——或今天做了买卖，明天又发动战争，或以老瘦马要求奇高的价格又怎么办？

——或边镇将帅因为这个原因懈怠兵事，如何是好？

总之，杨继盛一气呵成写得头头是道，强烈坚持堂堂中国断断不能答应互市。但是，明世宗看了却相信仇鸾的话，把杨继盛贬为甘肃临洮（táo）以西的狄道县担任典吏。杨继盛虽然失望，他还是觉得，说了自己该说的话，坦坦荡荡前往甘肃。

杨继盛到了甘肃，他想起小时候自己想读书却没法读书之苦。于是，他把自己的车马卖了，张氏也把首饰卖了，请来老师，挑选一百多个优秀的小朋友办起学校。这些番民看多了耍威风的地方官，没见过杨继盛这种好人，暗地称他为“杨父”。

狄道县有一座煤山，长久以来是番民占据，县民买不到煤，总得到两百里外去买煤，非常不方便，所以，杨继盛把番民找来商量。番民说：“不要说是煤山，既然杨父开了口，我们把帐棚送上，也心甘情愿，我们还不知道该如何感谢杨父教育我们的子女。”

杨继盛浅浅笑道：“没什么，我童年时争取读书机会不容易，想上进的孩子总该有人帮忙啊！”

# 杨继盛弹劾严嵩

明朝严嵩父子祸国殃民，明世宗却始终宠信严嵩以及严嵩的干儿子们，他其中一个干儿子仇鸾因为打不过俺答，想出一个向俺答买马的主意，杨继盛反对，因此被贬到了甘肃。

但是，过了一两年，杨继盛当初担心的种种不幸而言中，俺答经常借着送货大举入侵，甚至直入城堡，奸辱妇女，仇鸾一点办法也拿不出，发了背疾，没多久就呜呼哀哉了。

这个时候，明世宗想起了当初反对仇鸾的杨继盛，把他调升为山东诸城知县。严嵩也看出来杨继盛是个人才，也想把他收过来，成为另外一个干儿子。

严嵩的效率是很高的，杨继盛新官上任，一个多月之后，调为南京户部主事；过了三天，升为刑部员外；马上又改为兵部武选司郎中，这是国家专门管国防军事的人事主管，不但权力极大，而且是个肥缺，多少人想都想不到的美差事。

严嵩对严世蕃说：“现在，就等着他登门道谢了，一年之中连升四级官，我对他不算不厚，就看他该如何报答了。”

严嵩这一回却是看走了眼。杨继盛痛恨仇鸾，他更痛恨严嵩，他天天在家骂严嵩，只是严嵩不知道，就算是严嵩一年之中升他四次官，杨继盛可不会因为个人的恩惠忘掉严嵩的大奸大恶。

杨妻张氏十分担心，她总是说：“不如我们辞了官，归隐田园，过神仙生活去吧。”

“我办不到。”杨继盛痛苦地闭上眼睛道：“天下百姓受严嵩之苦太久了，我连做梦都在写奏章弹劾这个大奸臣，就是归隐，我脑中也全是严嵩啊。”

张氏不再多言，她的情绪十分复杂，她钦佩丈夫的勇敢，她也担心他的安危，谁能斗得过严嵩呢？

杨继盛为了慎重，斋戒三天，然后写成了传诵千古的《请诛贼臣疏》，列举了严嵩十大罪，一、破坏祖宗的成法，无丞相名称，而有丞相的权力。二、窃取君上的大权，群臣畏惧严嵩甚于皇上。三、掩盖君上的功业。四、放纵儿子严世蕃作恶，代拟奏章，所以京师有“大丞相、小丞相”之歌谣，严世蕃凭什么当小丞相？五、严嵩孙子严效忠、严鹄都是乳臭未干的小子，没上过一天战场，竟然冒领军功。六、严嵩联合仇鸾勾结俺答，后来又与仇鸾故意划清界线。七、延误国家军机，使得兵部尚书丁汝夔不敢出兵。八、官员升迁完全由严嵩一人掌控，内外大臣被严嵩中伤的无法计算。九、文武官的迁擢（zhuó），取决于奉送严嵩红包的多寡。

最后第十点，杨继盛更是语重心长：“自从严嵩用事以来，风俗大变，守法者似乎是笨蛋，擅长钻营被认为才能，从古到今，风俗之败坏没有比现在更恶劣的了。就因为严嵩好利，天下人都好贪；就因为严嵩爱拍马屁，天下人都争先恐后拍马屁。假如源头不干净，河流又如何能够清澈呢？”

另外，杨继盛又具体列出了严嵩五大奸，甚至不客气地批评自己恩师徐阶：“平日受陛下信任，碰到事情，依然照着严嵩的意思，不敢主持正义，简直是负国。”“陛下如果不信臣言，也可以问一问裕王、景王，或其他阁臣。”他的结论是：“陛下为何爱惜一个贼臣，忍心让百万苍生陷于生灵涂炭之中？”

杨继盛写完了，把奏疏交给张氏看，只见她一面阅读，一面频（pín）频点头，显然是赞同杨继盛的观点。

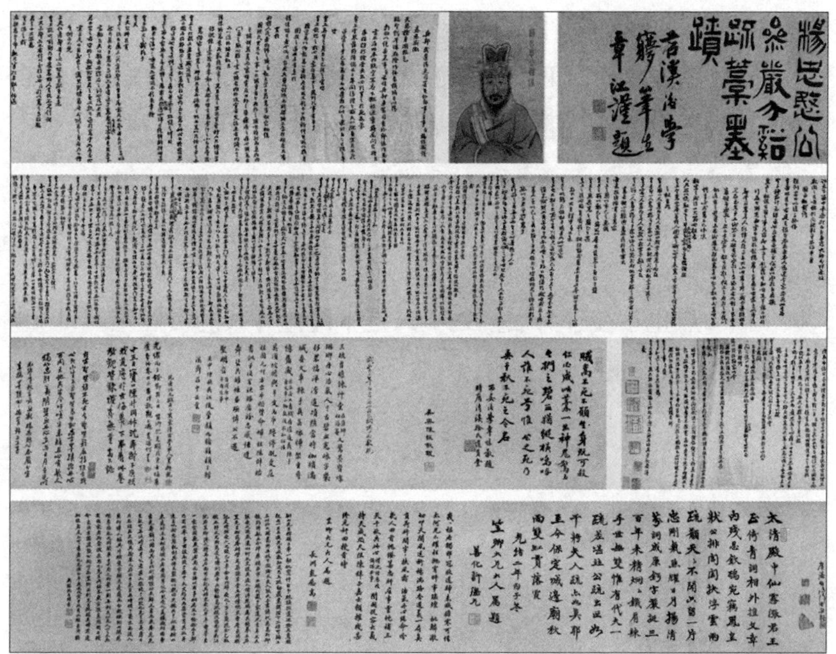

杨继盛弹劾严嵩疏稿墨迹。

张氏看完了，由衷赞美：“痛快淋漓，正气磅礴（páng bó），决非一时冲动，写得冷静透彻。”

“但是，”张氏念头一转，滴下两行清泪，转身抱紧了杨继盛，哽咽道：“这样的奏疏一上去，我怕……我怕我们就永诀了。”

杨继盛也哭了，他难过地说：“但愿陛下能够清醒，毕竟希望不大，至少让严嵩知道，仍然有人敢讲真话；至少让天下人知道，大明朝的臣子不全为严嵩的鹰犬。”他看着张氏，用手指擦去她脸上的泪痕，满怀抱歉地说：“不要伤心，我们这么恩爱，下辈子一定再结夫妻缘，到那时，你唱歌，我吹箫，我一定对你很好，弥补我今生对你的愧疚。”

“不，不要，我不要与你分别，我不要你下狱受苦，你这篇奏疏这么厉害，不晓得他会用什么方法对付你。”张氏抱紧杨继盛，着急地喊着，仿佛已看到了杨继盛悲惨的未来。

“哎，我写奏疏之前，焚香沉思三天，在这三天之中，我什么都想过了。”杨继盛抚着张氏的肩：“你不用为我担心，我只是对不起你。”

“你非要名留青史，流芳万世吗？那比我们在一起重要吗？”张氏仰头问。

“我一点也不在乎身后名，我只是不能抛弃我的责任感。”杨继盛的表情是那么庄严、平静、坦然、安定，他选择了他的道路。

# 忠魂杨继盛为自己动手术

明世宗宠信严嵩，朝政大坏，杨继为了国家安危，弹劾严嵩，人心大快。

明世宗原本是个小器自私的皇帝，否则他也不会重用严嵩。他看了杨继盛的奏疏，愈看愈生气，觉得自尊心受到了侮辱。他一点也不以为大权旁落，在他看来，严嵩只是皇帝身边的跟班跑腿，杨继盛竟然用近乎指责的口气写奏疏，实在太可恶！

明世宗把杨继盛找来问话，由于杨继盛条条列举十大奸五大恶全是有名、有姓、有时间、有地点的具体罪证，明世宗心中晓得，不好责问。因此故意挑剔："你奏疏之中要朕问裕王、景王，你是想导引皇子过问国家大事吗？"裕王、景王都是明世宗亲生儿子，当皇帝的人不相信任何人，连自己的儿子都成了假想敌。

杨继盛的回答是："除了裕（yù）王、景王，谁不怕严嵩？"

杨继盛的话顶得明世宗不敢开口。明世宗瞄一眼杨继盛，他不喜欢杨继盛，他讨厌杨继盛身上那一股正义不屈、自以为是、凛然不可侵犯的味道。他喜欢严嵩那种小心谨慎，唯恐不小心触怒皇帝的狗奴才气息。明世宗微微冷笑，把杨继盛关入了狱中。

这一回，杨继盛来北京之前，他的亲朋好友都知道此去不祥也。其中一位朋友热心地提来一副大锦蛇的胆，据说此胆乃为最佳止痛剂，张氏千恩万谢。

杨继盛却不肯接受，他说："椒（jiāo）山自有胆，何用蛇胆？"

椒山是杨继盛的号。

朋友走了，张氏温柔地对杨继盛说：“你受刑前还是吃了吧，就算为我吃了不行吗？”

杨继盛轻轻抚摸着张氏的头发：“未来的刑杖有多少？该有多少副蛇胆才够用？”

一听此言，张氏又别过身去擦眼泪。

杨继盛被提审之时，外面人山人海，争先恐后一睹大英雄，只见他意态从容，举止潇洒，红光满面，没有一点失意惶恐不安。一位老婆婆见他手上的刑具，悄悄对孙儿说：“这刑具该戴在另外一个人手上。”

杨继盛在狱中，选自《清刻历代画像传》。

孙儿接近了奶奶身边，小声说道：“该戴在严嵩手上。”

没多久，杨继盛开始挨打了，由于严嵩交代过，打得特别重，一声一声的落杖声，也敲在每一个人的心坎上。明世宗以为这可以表示他的权威，严嵩以为这可以让人们晓得他的厉害，其实，这是让人们更钦佩杨继盛的精神，到底天地有正气啊。

杨继盛意态从容地走进去，却是整个人昏厥过去被抬了出来！有人想他死定了，人群之中开始有人嘤嘤哭泣，一人哭，两人哭，接着，整个哭声一片，其中哭得最伤心的，当然是他的爱妻张氏。

杨继盛被抬入狱中，狱卒知道他是杨继盛，先恭敬地深深一揖，此时杨继盛仍是昏厥不醒，狱卒暗呼："可怜。"

到了半夜，杨继盛痛醒过来，发现自己大腿打烂的肌肉，发炎溃烂流着黄脓，他皱了一下眉头，决心为自己动手术。杨继盛环顾四周，看一看没有尖锐的用品，看到了一碗白饭，那是他的牢饭，他没有任何胃口，把饭给先倒了，"哐！"的一声，打碎了瓷碗。

狱卒听到声音，赶快提着灯来看。只见杨继盛拿起碎片，正在刮腐肉，狱卒看着可怕，大呼："这太痛了！"杨继盛不慌不忙，把腐肉刮干净了，剩下的筋膜刮不干净，干脆用手拉断。

狱卒见到此景，吓得瑟瑟发抖，手上的灯几乎也打翻了，他又对杨继盛深深一揖："你真是汉子！"

第二天，狱卒到处逢人就说，人人称奇，都说："这比《三国演义》中关公刮骨疗伤还要伟大，何况他是自找的，他真是中国的英雄。"

杨继盛入狱三年，明世宗已忘掉了这个人。严嵩也懒得理睬，但是百姓忘不了他，这时有人同情杨继盛，跑到严嵩那儿说情，严嵩的党羽提醒严嵩："当心养虎为患，杨继盛的民间声望不小哇。"于是严嵩动了杀机。

杨继盛入狱三年，张氏也伤心痛苦了三年，不过，到底人还活着，就留着一线希望。她听说了严嵩的命令，伏阙上书，希望"斩臣妾的首，以代替夫死"，当然，严嵩不会答应她。杨继盛夫妻真正是伉俪（kàng lì）情深。

杨继盛终于求仁得仁，嘉靖三十四年（1555 年）被斩，年仅四十岁。天下哀泣，然而公道自在人心，杨继盛身后显名，古今言官之中无人能比，据说北京松筠（yún）庵中，迄今刻有他弹劾严嵩的千古奏疏，以及他临死的绝笔：“浩气还太虚，丹心照千古，生平未报恩，留作忠魂补。”

好一个中国忠魂啊！

# 徐阶沉得住气

杨继盛因为弹劾严嵩，同时惹恼了明世宗与严嵩，在嘉靖三十四年（1555 年）十月里斩首。

当天，菜市场挤得水泄不通，杨继盛的英勇声名远播，人人心中为他喊冤，也钦佩他敢于反抗严嵩，想一睹英雄人物的庐山真面目。由于个个希望看个清楚，前挤后推，秩序大乱，直到差役舞起皮鞭，往人丛中砸了过去，这才安静下来。

杨继盛的爱妻张氏原也在人群之中，她是等不到正式问斩，就悄悄地离开了人群，回到家中，她在心中对杨继盛说："这么多人哀悼你，钦佩你，也是求仁得仁，你也是一种解脱了。"可是一想到当时杨继盛吹箫，她轻声低唱的往日恩爱，张氏的眼泪仍然不争气地一颗一颗往下滴。

这时，杨继盛的朋友周冕走了进来，安慰张氏："别再伤心了，继盛真了不起，你看他的遗诗：浩气还太虚，丹心照千古，生平未报恩，留作忠魂补。万岁爷糊里糊涂杀了他，还有什么未报之恩？他这个读书人，未免傻得可爱。"

张氏苦笑，没有回答，她想说的是："你们不明白继盛的想法，他是忠于国，不是忠于君，严嵩才是只忠于君。他所谓的恩是指对妻子、对朋友、对国家的未报之恩啊！"

张氏闭上眼睛，长叹一口气，嘴角却漾起了微笑："无论如何，继盛所写的《请诛贼臣疏》将流芳百世，虽然他只想尽一份责任，他不在乎任何名声。”

周冕也同意，他说：“每讲一回，我就热血沸腾，杨兄不愧为一汉子也。”周冕话题一转道：“想不到他连徐老师徐阶也批评了。”

张氏说道：“继盛一向不满意他明哲保身，缺乏正义感。”

周冕又说：“继盛批评徐师是负国之臣，话未免太重了吧！”

“我也有同感。”张氏轻轻摇一摇头。

杨继盛被杀一事，其实，身为老师的徐阶比谁都难过，但是他不敢伸出援手，因为杨继盛的脾气太烈了，皇帝与严嵩绝饶不过他的。徐阶一样也痛恨严嵩，但是他知道，如果硬碰硬，准死无疑，小不忍则乱大谋也。

这一夜，徐阶整晚无法阖（hé）眼，脑中翻来覆去全是杨继盛在写给皇上奏疏中的“大学士徐阶蒙陛下的拔擢，仍然不敢主持正义，每件事都依严嵩之意，不能不说他是负国。”

徐阶，选自《历代名臣像解》。

徐阶觉得好冤，他其实不是负国之臣，只是时候未到，还扳（bān）不倒严嵩。

徐阶想起他的老师夏言，夏言脸上仿佛写着“我瞧不起严嵩”，果然被严嵩给害死了。徐阶又想起杨继盛，这一个他最欣赏疼爱的学生，杨继盛脸上好像写着“我与严嵩不共戴天”，没多久，严嵩又害死了杨继盛。

想到这里，徐阶赶紧下床，对着镜子，扮一个笑脸，自言自语道：“我可不能让严嵩察觉到我对他的厌恶啊。”

徐阶开始打坐调息，他需要独处，需要安静，需要力量，他一遍一遍对自己说：“要做大事，要沉得住气。”

徐阶从小知道，必先保护自己，才能成就大事，否则，一切全是空谈。他一岁的时候，不小心掉到井里去，被打捞上来之后，大人都以为他没救了，死马当活马医，过了三天，他竟然又醒来了，大人都说：“这个小孩命大。”

到了徐阶五岁的时候，跟着父亲去爬山，一不小心，踩了个空，直往悬崖下坠落，他父亲蒙着眼睛不敢看，不料，徐阶居然衣服被树枝勾到，因此捡回一条小命，家人都说：“两次大难两次不死，必有后福也。”

嘉靖二年（1523年），徐阶中进士，被任命为翰林院编修，这一段期间，他与王阳明的门人走得很近，徐阶十分钦佩王阳明，他尤其赞佩王阳明的“致良知”——凡事先问一问良心。

有一次，明世宗采纳张孚（fú）敬的建议，打算删去孔子王号，并且修改祭祀的礼仪，徐阶站出来严厉反对。

张孚敬火冒三丈，把徐阶找来臭骂，“你竟然背叛我。”

“我又没有依附你，怎能称之为背叛？”徐阶立刻还以颜色。

因为这个原因，徐阶被降了官，但是不久又先后赴黄州、浙江、江西任职，政绩很好。

徐阶长得白白净净，瘦瘦小小，十分斯文有礼，脸上永远挂着微笑，自从与张孚敬起了冲突之后，徐阶自己反省，逞一时之快无济于事，必须沉得住气。

徐阶以王阳明的致良知自勉，他对自己说：日久见人心，他会用事实证明自己绝非负国之臣。

# 王世贞换穿囚衣

杨继盛因为弹劾严嵩被杀，在朝廷之中，人们普遍同情杨继盛。刑部两个官员审理这件案子时，忍不住为杨继盛讲了一两句公道话，结果一个被贬官，一个下了监牢。

侍郎王忬（yú）因为同情杨继盛，使严嵩怀恨在心，找了借口，逮入监狱，钦定为斩刑。王忬的儿子王世贞是明朝有名的文学家，被列为后七子，又是明朝文艺青年心目中四大偶像之首，他与弟弟王世懋（mào）日日夜夜守在严嵩家门口。严嵩跑出来，假意安慰他们一番，又加紧陷害王忬。

王世贞兄弟急了，跑来找徐阶。徐阶两手一摊，非常抱歉地说："对不起，我也爱莫能助，你们节哀顺变吧！"

王世贞好伤心，走出来对弟弟世懋说："难怪杨继盛批评徐伯伯是负国之臣。"

王世贞不甘心，和弟弟换上了囚衣，跪在道路旁边向大臣们叩头请教："请问有什么办法可以营救我父亲？"

大臣们都怕死了，纷纷走避，或绕道而行。凡是忤逆严嵩，只有死路一条，谁敢仗义执言呢？

王世贞跪在道路旁边，用力捶着地面，哀声哭泣道："难道现在就没有包青天了吗？"

第二年冬天，王忬被斩于西市。

这些情景，徐阶看在眼里，痛在心里，但是他连多安慰王世贞兄弟两句都不敢。徐阶非常明白当前环境恶劣，明世宗器量狭小，自私糊涂，严嵩一手遮天，阴险歹毒，他只有放低姿态，顺其自然，能为国家做多少算多少。

徐阶原是夏言推荐给严嵩的。严嵩是何等聪明人，他当然能察觉，徐阶跟他是不一样的人。不过徐阶总是面带微笑，小心诚恳。所谓“伸手不打笑脸人”，严嵩一下子还找不到徐阶的差错。

有一回，严嵩请徐阶吃饭，地点是严府的“听雨楼”。听雨楼这三个字十分古雅，这是严嵩宝贝儿子严世蕃鉴赏书画古董的东楼，严世蕃自己取了一个别号就叫东楼。

严嵩在京城里新建一府第，面积之大，连接三四个坊。明朝的京师，地名分为坊、牌、铺。一坊的面积十分广阔，严府占地约有四十间房舍。另外，严嵩还在府第前，修了一座大花园，并且动工开凿出一片数十亩的人工湖。花园中珍禽奇树应有尽有，走入门内，只见雕梁画栋，峻宇高墙，巍峨壮丽，连皇宫都给比了下去。

严世蕃站在“听雨楼”前，拍着肚皮笑呵呵道：“朝廷也不如我富有，就是我家仆人严年，小老头徐阶你也赶不上啊！”

徐阶因为个子比较矮小，严世蕃就叫他小老头，严世蕃因为自己瞎了一只眼睛，心里不平衡，所以专在人家外表上讽刺，不论是长辈或是臣僚（liáo），人人逃不过他的愚弄。

严世蕃对父亲严嵩也是没大没小，毫无礼貌，他对徐阶说：“我老爸不能一天没有我。”

这句话倒是真的，严世蕃的确是一个鬼才，很有小聪明。明世宗的御札，其中有不少隐语，这些隐语谁都看不懂，奇怪的是严世蕃都能一目了然。

严世蕃搂着徐阶的肩膀道：“小老头，今晚多喝几杯吧！”

严嵩心中也不喜欢徐阶，很高兴儿子整一整徐阶，也一拍徐阶道：“今晚不醉不归。”

徐阶文雅地笑一笑："当然，当然。"他有度量有本事把一切不满放在心中。

徐阶知道，一时之间扳倒严嵩不容易，但是他相信因果，也相信"多行不义必自毙"的道理。严嵩父子坏事做多了，总会遭报应的。

徐阶曾经历练十年的外省漂泊，回到中央，担任国子监祭酒、礼部右侍郎，又改任吏部侍郎，官运亨通。他和一般高官有一点很不一样，他不要部下送礼，也不会高高在上，好官我自为之。

徐阶很喜欢和部下聊天，彼此和朋友一般，尤其是边疆官吏或是地方官吏前来聊天，总是一聊一个晚上。他殷殷询问各地的情形，并且鼓励大家："好好努力啊！多为国家尽一分力量啊！"

朝廷官员在受到明世宗、严嵩压迫之时，竟然能得到徐阶正面鼓励，心中十分温暖，都希望能追随在徐阶身旁。当然，徐阶记取了夏言的教训，夏言为皇帝写给上天的青词不用心，明世宗认为妨碍了他追求长生不老之道，因此徐阶小心地在青藤纸上写青词，措辞华美，对仗讲究，装满了虚渺飘忽的学问，让明世宗大为满意。他也才能够暗暗为朝臣们做一点事，并且等待时机，打击严嵩。

# 严嵩妻子的悔恨

严嵩父子祸国殃民，也充分享受了权力的滋味。严嵩的妻子欧阳氏原先也陶醉在官夫人的瘾头。但是，毕竟严嵩坏事做多了。久而久之，欧阳氏开始害怕起来，于是开始吃斋拜佛，希望能消除罪孽（niè）。

欧阳氏开始接触佛法之后，心中愈发不得安宁，只要一想到“善有善报，恶有恶报，不是不报，时候未到”，她就会全身寒颤，也逐渐后悔。她的确把严世蕃这一个宝贝儿子宠坏了，将来不堪设想。

因为日夜忧愁，欧阳氏病倒了，严嵩找了所有名医诊治，谁又能医得了她的心病呢？

欧阳氏临终前，语重心长地对严嵩说：“我生病以来，世蕃从来没来看过我，我并不在意他是不是孝顺，只是我担心，他再不收敛，恐怕大祸临头，你得好好管教他才是啊！”

一向精明厉害的严嵩，面对妻子的死亡，也有撑不下去的无力感，严嵩对着奄奄一息的欧阳氏道：“你放心，我会好好教导世蕃的。”

“那我就放心了。”欧阳氏阖了眼睛，安详地走了。

严嵩放声大哭，突然觉得自己是多么的孤单无依，他虽然手握无限大权，但是没有一个朋友，举目全是敌人。谁敢相信他，他又怎敢相信任何一个人？老妻走了，他也八十出头了，精力不比当年，他只能依赖独子严世蕃。

依照中国人的规矩，欧阳氏死了，严世蕃必须服丧三年。服丧又称为“丁忧”、“丁艰”或是“守孝”。守丧三年内，不仅不能够出外做官应酬，也不能居住在家中，要在父母坟前搭起一座小棚子，睡草席，枕砖块，粗茶淡饭，不吃肉，不喝酒，不听音乐，不洗澡，不剃头，不更衣。如果丁忧期间出来做官，不仅官做不成，还会遭受朋友耻笑。

所以古代官场，最怕碰到父母死亡。这一守孝就是三年，三年后能不能顺利回到官位，就得凭运气了。严世蕃如果守孝三年，严嵩就惨了。因为严嵩往往猜不透明世宗御札中的意思，只有鬼脑筋的严世蕃能摸得透皇帝的心思。

所以严嵩以“独子”为理由，请求皇帝恩准严世蕃可以不必守孝，留在身边照顾老父亲。

明世宗答应了。严嵩改派孙子严鹄（hú）护送祖母的灵柩（jiù）回到江西老家安葬。严世蕃虽然留在京师，到底是丧服在身，不能入宫当严嵩的枪手。这下子严嵩可傻了眼。

每一回，当明世宗交下御札，严嵩看不懂，只得请人赶快把御札送回家，请世蕃帮忙。严世蕃却趁守孝期间大肆饮酒作乐，经常找不到人，有时找到了，严世蕃也只是随随便便乱答一通。

严嵩在宫内急得跳脚，皇帝又催得急，只好自己上阵。明世宗发现严嵩答得文不对题，牛头不对马嘴，不免光火。有时候，严嵩原已覆奏，一会儿严世蕃的回信到了，又赶紧把覆奏追了回来。弄得章法大乱，一塌糊涂。

明世宗发现情况不对，气得吹胡子瞪眼睛，小太监借机落井下石，看见严嵩似乎恩宠渐衰，猛讲他的坏话，尤其严世蕃守丧期间，饮酒作乐这一段，大大描写一番。

明世宗一向最孝顺母亲的，一听这些话，几乎跳了起来，拍着茶几道："这还像一个人吗？"

严嵩回到家里，千拜托，万拜托，希望儿子帮帮忙，别害了老父亲。严世蕃已经被宠惯了，捧坏了。他口中说："是，是。"却依然故我。严嵩聪明一世，却无可奈何。

严嵩老了，聪明机智也仿佛用尽了。徐阶知道，机会逐渐靠近，但是得慢慢来，到底严嵩是老狐狸，姜是老的辣，严嵩不是轻易能打倒的。

徐阶知道，皇帝最信乩仙，所以他借机扶乩慢慢攻入明世宗的心防。

一回，明世宗问蓝道行："天下为什么治理不好？"

蓝道行假借扶乩，大大数落了严嵩父子的罪状。

明世宗又问："果真如此，为什么不会遭到天谴（qiǎn）？"

明世宗这话问得有理，如果没有天理，似乎也不必敬奉天了。

蓝道行答得妙，这是上天要让陛下去诛他。

明世宗一听飘飘然。虽然上天很看重他，他却忘记了，谁重用严嵩，是不是也该受到天谴？

# 明世宗乔迁之喜

奸臣严嵩八十多岁，垂垂老矣，妻子欧阳氏的去世，给严嵩带来沉痛的打击。欧阳氏临死前，再三恳切拜托严嵩，必须好好管教儿子严世蕃。但是，只有严世蕃这个鬼灵精能够猜透皇帝的心思，除了严世蕃，谁也解不开谜，严嵩又怎么管训儿子呢？他依赖儿子都来不及啊！

严嵩的专长是察言观色，马屁功夫一流。不过，拍马屁是一件非常辛苦的事，必须全神贯注，努力迎合，尤其明世宗器量狭小，脾气古怪，稍微一点儿不顺心，马上大吼大叫。

有一回，明世宗居住的永寿宫突然间起了大火。虽然明世宗没有受到伤害，但是被吓了一大跳。世宗一向是个迷信的人，看到烧焦枯黑的梁柱，心中很不舒服，所以就迁到玉熙殿，但又嫌那儿太狭隘（ài）。

明世宗把严嵩找来问话："你看看，这个样子还能住得下去吗？"

严嵩不假思索道："请陛下暂时居住南城。"

"什么？你说什么？你要朕住到南城？"明世宗真是火大了。

所谓南城，明成祖永乐时称为东苑，后来又改名为崇质殿，俗称南城或是南宫。南宫有一段不愉快的往事。

明朝英宗正统十四年（1449年），瓦刺入寇，英宗是一个少不更事的年轻皇帝，接受宦官王振的建议，效法明成祖的威武精神御驾亲征，偏偏又没有明成祖的本事，带了五十万大军，不到一个月工夫一败涂地，明英宗在土木堡灰头土脸被俘。这一段历史称为“土木堡之变”。

国不可一日无君，明朝在于谦的指挥下，立了明景宗，遥尊英宗为太上皇，这个可怜的太上皇就被瓦剌挟持，进攻大同等地，但是于谦不上当，他主张“社稷为重君为轻”。后来瓦剌觉得挟持一个中国皇帝，没有利用价值，又把明英宗给送了回来。

明英宗回来了。但是明朝已经有了新君明景帝，明英宗只好言不由衷地对弟弟景帝道：“我能回来，已经是万幸了，你做天子，比我做得好，我从此退隐南宫吧！”

南宫位在太庙西边，粉墙黑瓦，树木蓊郁，如果是爱清静的人，在这儿绝对可以得到安歇。明英宗可不是，他当了一年俘虏，坐在草席上，捧着破木碗，住在帐篷里，几乎快要崩溃了，好不容易回到了皇宫，原想重新过着锦衣玉食的生活，怎堪被安置在南宫？

南宫改名为“崇质”宫，顾名思义，就是崇尚质朴；明英宗可不喜欢质朴，他喜欢金碧辉煌，光彩亮丽。明英宗被俘一年之中，他的钱皇后因为哀伤过度，哭瞎了一只眼睛，瘸（qué）了一条腿，明英宗看了更是一肚子不高兴，哀哀叹气道：“难怪人们称南宫为黑瓦，真是一片漆黑。”

这一段历史，明世宗非常清楚，他每次走过南宫，就把眼睛朝别处望，唯恐看了一眼，就会带来霉运。今天严嵩竟然要他搬到黑瓦去，他真是生气了。

明世宗扬起眉毛问：“你难道忘记这是英宗当太上皇时候所住的地方，不嫌忌讳吗？”

严嵩赶紧改口：“那么，请万岁爷还大内。”这就是说，请皇帝住回乾清宫。这下子，明世宗更气得喉咙呼噜呼噜作响了。乾清宫比起南宫，更是明世宗所嫌恶的地方。由于明世宗平日虐待后妃宫女，嘉靖二十一年（1542 年），杨金英等宫女联合预谋掐死皇帝，若不是明世宗命不该绝，杨金英的绳子应该打个活结，竟然错打成了死结，明世宗早就见了阎王爷。

因此，明世宗再也不肯住在大内，他晚上睡觉时常梦到有人掐他的脖子。这一回，严嵩竟然要他搬回大内，明世宗摇摇头道："我看你真是昏了头，你忘了杨金英想掐死朕吗？听说那儿还闹鬼的。"

"亏你想得出这么好的建议。"明世宗龙袍一甩，气咻咻走开了。

明世宗又把徐阶找来问话，徐阶稍微思索一下道："据我所知，目前三殿剩下的木材可以建造一座新的宫殿。"

明世宗一向小器，听说有现成的木料，龙心大悦，他追着问："那么要多久可以完工？"

"赶一赶的话，大概几个月吧！"徐阶小心地回答。

"太好了，交给你办！"明世宗十分兴奋。

于是，明世宗命徐阶的儿子徐璠担任工部主事。徐阶父子日夜赶工，终于在三个月之中，大功告成，明世宗开开心心迁入，命名为"万寿宫"。

# 邹应龙的妙计

明世宗的永寿宫失火，徐阶利用过去剩下的木材，在一百天之中建造了万寿宫，于是严嵩失欢，徐阶受宠，朝中正直之士大受鼓舞。

有一天，御史邹应龙下朝，正遇着黄梅天下大雨，他没有带伞具，信步走到一个太监家避雨，太监捧出热茶，笑哈哈地对邹应龙说："最近蓝道行假乩仙之口，说了不少严嵩的坏话。"

"嗯，那万岁爷怎么表示？"邹应龙眉毛一挑，极有兴趣地追问。

太监眉开眼笑道："万岁爷没说什么，不过显然心动了。"

邹应龙心想，机会来了，所以雨歇之后，他直奔老师徐阶家密谈，邹应龙想写一篇奏疏，弹劾严嵩父子。

徐阶缓缓道："以前杨继盛牺牲了，后来吴时来也在前两年上疏弹劾没有效果。不过依我观察，现在时候到了，我赞成你写，但是注意，重点放在严世蕃，而不是严嵩。"

邹应龙站了起来，长长一作揖道："这一着高，到底老师见识不凡，严世蕃垮了，就等于一座倾颓的楼房，只要砍掉一根柱子，自然应声而倒。"

"没错！"徐阶进一步分析道："万岁爷最注重外表，严世蕃其貌不扬，动作粗鲁，又瞎了一只眼睛，因此他只能幕后操刀，不能上得台面。万岁爷最重视孝道，严世蕃母丧期间吃喝玩乐，万岁爷每次提起来就骂个不休，你要掌握这个要点，也顺便保护自己，免得又被严嵩给害了。”

邹应龙由衷地说道：“谢谢老师的教诲，学生也深深钦佩老师的用心与细密。”

徐阶语重心长道：“我读史书常常慨叹，为什么老是小人得逞，君子遭殃。后来我领悟出一个道理，原来君子总是坦坦荡荡，认为自己在做好事，难免许多地方疏忽。小人则不然，小人知道自己做的事见不得人，因此小心仔细周密。事实上，要成就一件好事比做一件坏事，更需要一颗细腻的心，才能为国家为社会尽一分力量。”

这一番话说得邹应龙为之动容，因此他下笔时考虑再三，把重点全放在严世蕃身上，批评他：“凭着父亲的关系，广收贿赂，造成风气败坏，例如刑部主事项治元送了一万三千两黄金转任吏部，又举人潘鸿业用两千两百两黄金得到知州，并且在南京、扬州大肆购买良田美宅数十所，尤其是严世蕃母丧之后，竟然饮酒作乐通宵达旦。”

最后，邹应龙听了徐阶老师的话，建议：“请斩严世蕃，悬挂于市场，让世人有所戒惕。”至于严嵩，其实是罪魁祸首，邹应龙却建议：“严嵩溺爱恶子，管教无方，应放归田里。”

这时候，正当嘉靖四十一年（1562年）五月，正是明世宗厌恶严世蕃，却又怜惜严嵩的时刻，所以明世宗下令严嵩退休，严世蕃则下大理寺狱。

徐阶心思细密，他知道，百足之虫死而不僵，严嵩父子没有那么轻易就会被扳倒的，邹应龙的奏疏呈上去以后，徐阶反而亲自前往严府慰问。

严嵩一见徐阶来了，老泪纵横，并且拉着严世蕃，叫出所有家人，四面围住徐阶，一块下跪，同声哭泣：“以后我们严家全靠徐老你搭救了。”

徐阶急忙扶起了严嵩，口中不断地说：“言重了，言重了，能效劳的地方，我一定帮忙。”

走出了严宅，徐阶心想：“真是历史是不断重演的，想当初夏言夏老师曾经弹劾严嵩，严嵩知道以后，带着儿子严世蕃跑到夏言家中，父子两人跪在夏言面前痛哭哀求，夏言心软，答应不再弹劾，结果严嵩父子不但没有改过，反而设计害死了夏言。”有了前车之鉴，徐阶格外地小心谨慎。

徐阶回到家中，他儿子徐瑛奔了出来，非常兴奋地说：“这下好了，父亲受够了严嵩父子的窝囊气，尤其是严世蕃，老是捉弄你，欺负你，这叫天理报应，活该！”

徐阶立刻扳起脸来，推了儿子徐瑛一把：“你懂什么，我是靠严家才有今天，你不许再乱说话！”

徐瑛听了，觉得万分委屈，低着头走开了，他不明白，父亲为什么这么胆小怕事，缺乏担当。

徐阶望着儿子的背影，他明白儿子的想法，但是他更知道，环境恶劣，想要彻底铲除严嵩父子，为民除害，还有一段辛苦的路程要走。

# 二龙不相见

由于邹应龙提出弹劾，坏事做尽的严嵩，被明世宗下旨夺去一切官职，赶回江西老家，把严世蕃谪戍（shù）雷州。朝野人心大快，个个都说：“终于老天有眼。”

唯有心思细密的徐阶不以为然，他告诉自己：“好事多磨，这件事没那么简单，不过时候快到了。”

果然不出徐阶所料，严嵩一离开，明世宗就开始闷闷不乐闹情绪。虽然明世宗知道严嵩做了不少非法的事，到底严嵩在他面前永远甜言蜜语，小心周到，百般巴结，把他伺候得相当舒服。

明世宗气恼地说：“朕不如退位，去寻求长生不老之术算了。”

明世宗讲的是气话，也是笑话。他不上朝，可也把皇帝宝座坐得牢牢的。别说是退位，连立太子都是明世宗最不愿意的，这其中还有一段故事。

古代天子的宝座是神圣不可侵犯的，所以皇帝和太子之间存在一种敌意，不容易像一般父子亲密。明世宗特别小器，自然这种排斥心理格外强烈。

道士陶仲文看出明世宗的心思，所以他提出“二龙不相见”的说法，劝明世宗不要早立太子。到了嘉靖二十八年（1549 年），明世宗拗不过母亲蒋太后的意思，终于举行太子加冠礼。不料过了两天，太子就死了。

陶仲文早就说过：“太子有仙气，不是一般常人。”譬如太子一见到明世宗就会下跪道："儿不敢。"又常常举起手来，非常认真地说："天在上。"

太子不喜荤食，总是吃素，也不喜爱华丽衣着。他临死时的情形也很奇怪，他突然从床上爬了起来，向北边拜了一拜说："儿去了。"一会儿就坐着死掉了，似乎真是羽化登仙。

太子英年早逝，似乎"二龙不相见"的预言不假，明世宗不愿意再失掉儿子。这一回明世宗比儿子命硬，儿子死了，下一回如果是儿子克死了自己，这更是明世宗所不愿意的。所以，自此以后，明世宗不许任何人再提立太子之事。可是立太子是国本所在，直接影响到朝政的稳定，朝廷内外都十分关切。

嘉靖三十九年（1560年），郭希颜上书，请求立裕王为太子，明世宗大怒，以"妖言"的罪名处死郭希颜。明世宗心病太重。为了避免"二龙不相见"，他和裕王极少见面，甚至裕王生了儿子，也没人敢报告世宗；他要是知道"三龙出现"，更要气得跳脚，像明世宗这么嫌恶儿孙的人还真少见。

因此，这一回，明世宗吵着要退位，根本是演戏。徐阶说尽了好话，明世宗才答应继续当皇帝。不过，他愤愤地丢下了一句话："如今严嵩已经退休，他儿子严世蕃也已经获罪。谁要敢再多言，与邹应龙一般的，那朕就一起斩了他。"

明世宗身旁的太监，其中有不少是严嵩的耳目。严嵩很快就得到情报。他认为，翻身的机会来了，于是派人揭发道士蓝道行的罪状，说蓝道行的法力是骗人的，说他收了不少红包。明世宗大怒，派人逮捕蓝道行。

这时，蓝道行正在阅读道教的经典《太上感应篇》，这是北宋末年的道教典籍。蓝道行其实没有什么法力，他都是勾结宦官，探听明世宗身边琐事，才能活灵活现的。

《感应篇》书中文字很短，主要就是说，祸福无门，都是一个人自己找来的，善报恶报，如影随形，不能不小心，种瓜得瓜，种豆得豆，世界上的人不晓得，以为某人善得恶报，恶得善报，其实有时是报在子孙。一个人要求天仙，得立一千三百个善，一个人要求地仙长生不老，得行三百个善。

这一天，蓝道行正在读“是以天地有司过之神，依人所犯轻重，以夺人算”。意思是说，一个人一生之中，日夜时刻，上下四旁，都有鬼神一旁观察，看看这人犯的罪，决定他的寿命与衣食享受。蓝道行正担心，他做了不少亏心事，该不会被鬼神知道吧！年纪大了，想到这一层就心中发毛。

突然，“砰砰砰”有人敲门，蓝道行有一个直觉：“糟了，鬼神晓得我做的坏事了。”果然，差役把蓝道行抓走了，蓝道行闭上眼睛笑道：“善恶之报，如影随形。”“唉，应该来的就是会来的。”

蓝道行到了狱中，严嵩派人来说：“只要你把所有过错推到徐阶身上，一切无事。”蓝道行可不敢相信严嵩的保证，再说徐阶是个好人，也是朝廷中唯一可以和严嵩相抗的人，他还是积点阴德吧！所以，蓝道行应讯时，大声地说：“去除贪官自是皇上本意，纠举贪罪，自是御史本职，与徐阁老一点关系也没有。”徐阶一心为国，果然到处有人暗中协助啊！

# 严世蕃开溜

嘉靖四十一年（1562年），明世宗终于下令，命严嵩退休，回到江西老家，他的逆子严世蕃也发遣雷州，看起来这一对父子总算下台一鞠躬了，朝廷内外都一片欢欣鼓舞。

唯有徐阶，自从严嵩离去，就非常勤快地与严嵩通信往返，徐阶的儿子徐瑛看不过去，忍不住抗议道："严嵩是个奸臣，又三番两次加害爹爹，根本用不着写信给这个混蛋。"

徐阶不说话，把严嵩回信的信封递给了徐瑛。

徐瑛翻来瞧去，没看出任何名堂，他撇撇嘴道："字倒是写得很美，不过心肠太丑陋了！"

徐阶微微一笑，对着一脸正气的儿子说："你发现没有？他现在住在南昌，而不是他老家分宜。"

"这有什么关系？"徐瑛完全不懂。

"这关系可大了，分宜是乡下地方，不如南昌驰驿往来频繁交通方便，可见他还是积极与京城保持联络，希望东山再起啊！"徐阶缓缓分析道。

"有这种可能吗？"徐瑛不相信，一会儿徐瑛自己抓抓脑袋："嗯，当年夏言夏伯伯回乡两年，后来万岁爷又把夏伯伯找了来。"

徐瑛睁大了眼睛瞪着徐阶道："难道严嵩可能再回到朝廷？太可怕了吧！"

徐阶痛苦地闭上眼睛道："难以预言，不能不防。"

“难道就没有办法一举铲除严嵩父子二人吗？”徐瑛非常不服气。

徐阶轻轻说了一句：“顺其自然吧！我还要写信，你先去睡吧。”

徐瑛望着烛下的父亲，他第一次了解父亲的细密。但是他还是觉得父亲多虑了，太操心了。他对徐阶说：“爹，我有时候觉得，你想得太多啦！”

徐阶回报儿子一个温暖的浅笑，没有答腔。

徐阶猜得不错，严嵩不死心，又玩了一个新花样。

严嵩到了南昌，赴铁柱观游玩，发现了一个道士蓝田玉很不错，蓝田玉自吹自擂，他有一项特殊本领，他写了一个符之后，天上就飞来一只鹤。

“有这种事？”严嵩十分好奇。“试试看吧！”

结果，蓝田玉不是吹牛。严嵩试写同样符录，果然天上也飞来一只鹤。

明世宗一向喜爱吉祥神秘的东西。严嵩大喜过望，把符录寄去给明世宗，并且可怜地哀求说：“臣今年八十四岁了，只有一个儿子世蕃。哪一天我两腿一伸上西天，谁为我办理后事？希望放我回京城。”严嵩相信，他一定能如愿。

不料，明世宗见到蓝田玉的名字，马上就想到刚刚处死的蓝道行，心中一股嫌恶之气油然而生。因此，他没答应严嵩，并且提醒他：“你身边还一个孙子严鸿可以照料你，朕对你已经十分宽大了。”

严嵩悻悻（xìng）然，但是他不会死心，他仍然会想办法，他还有一线希望就是宝贝儿子严世蕃。

严世蕃被发配到了雷州，那是广东极南边的地方。他走到了一半，竟然折回江西，既不到老家分宜，也不到父亲住的南昌，就在袁州住了下来，也不与父亲联络，严嵩也不清楚这个儿子意图何在。

严世蕃有一个心腹罗龙文，也被充军，并在半途开溜，胆大包天地回到了徽州。

罗龙文一次醉后大叫大嚷："我总有一天要取徐阶、邹应龙两个人的脑袋，才消这口气。"

罗龙文的话，传到了京师。徐阶听到以后出入小心，警备森严，随时当心有人行刺。

严世蕃要杀徐阶的事，传到了严嵩耳中，这真是非同小可的震惊。

严嵩对孙子严鸿道："你父亲真要害死我，天下哪有报仇到处嚷嚷的呢？想唐朝时，唐宪宗的宰相武元衡全力对付跋扈的节度使，于是节度使派出刺客，一大早掳掠武元衡，拉到暗处，把他给杀了，还砍下头颅。节度使原以为这样做可以威胁朝廷。结果，唐宪宗生了气，认为自古没有宰相横尸路边，这是国家的耻辱，果然逮捕到了刺客。"

严鸿一听，背脊也一阵发凉："徐阶真有三长两短，我们全惨了。"

严嵩点点头，祖孙二人陷于深长的悲哀之中。

# 严世蕃建新宅

奸臣严嵩被迫告老还乡，严嵩儿子严世蕃发配雷州。严世蕃胆大包天，竟然中途开溜，跑到了江西袁州，并且扬言要杀徐阶。

徐阶知道严世蕃不是说着玩的，因此日夜小心谨慎。徐阶的儿子徐瑛对此大不以为然，而且他也得跟着提心吊胆。所谓父债子还，搞不好严世蕃拿他开刀泄愤。

徐瑛不断地问徐阶："爹，严世蕃以前就欺负你，他被发配雷州，自己却溜到江西！这个人简直是目无王法，为什么你不下令捉拿严世蕃？"

徐阶只回答了两个字："随时。"

"'随时'是什么意思？"徐瑛不满意。

徐阶不再回答，依旧按时写信给严嵩。

徐瑛对父亲的态度深以为羞。他心想："难怪杨继盛批评父亲是负国之臣。"

为了激发徐阶的胆量，徐瑛找了父亲徐阶一向敬重的李老伯来相劝。李老伯没读过什么书，但是深明大义，平素就最痛恨严嵩父子胆大妄为。

李老伯再三对徐阶强调："徐老，你得拿出勇气和决心来啊！长痛不如短痛，这件事非解决不可。今天你捉拿严世蕃，理在你这一边，全天下的人都支持你。我不明白，你这样拖拖拉拉，究竟要等到什么时候？"

徐阶望了李老伯一眼，平静地回答："顺其自然。"

"顺其自然？"李老伯火了，霍然自椅子上站了起来，指着徐阶骂道："过去人家批评你没胆，我还替你辩护。现在严世蕃找人来杀你，你还盖着被子装死！算我李某人不认识你这个胆小鬼，拿不起放不下，哼！"说着李老伯怒气冲天地走了。

徐瑛对父亲真是失望透顶，他甚至猜想："莫非就像人们私下议论，父亲有把柄在严嵩手中，所以不敢对付这对父子？"

徐瑛不死心，见了父亲就要重复再三，不能再拖了，赶快采取行动吧！

徐阶总是不吭声。为了避免父子反目，徐阶开始避着儿子，或是不痛不痒讲一些家常，每当徐瑛要开口提到严嵩父子，徐阶便把话岔开。

徐瑛真是闷死了，连睡觉都不安稳，他恨不得代替父亲，亲自前往袁州捉拿严世蕃。

另外一方面，严世蕃正乐着，他得意洋洋道："看吧！万岁爷当然知道我在江西，没在雷州。他还是恋旧，幸亏我没这么傻。雷州是个鬼地方，宋朝时，苏东坡的弟弟苏辙就被贬到雷州，受到当地老百姓欺负，我才不去！"

严世蕃又开心地说："徐阶徐老头心肠不如我毒，换了我是他，我早下手了。这个小老头没胆，当年我灌他酒，他吓得屁滚尿流，我就看不起他。"

由于严世蕃这样张狂，他手下的人也学着主人样儿，把当初在京城里那一套又给搬了出来。严世蕃过去搜括太多，因此手上金银财宝仍有一堆，他一向喜爱奢华，注意排场，到了袁州，虽然仍然是豪宅，却觉得不够气派。

严世蕃决心造一座新宅。他一向性子急，最好今天上午想要，到了晚上就盖好了。事实上这是不可能的，唯一的办法就是多增添人手。严世蕃仗着自已有钱，竟然用了四千多人造房子。

有一天，掌理袁州司法的推官郭谏臣经过工地。严家仆人不认识他，就是认识了也不会把小小推官放在眼里，照样蹲在一旁嘻嘻哈哈。

一个正在造园的工匠突然兴起，拿起一颗小石头扔向郭谏臣，郭谏臣机警地一闪，躲过小石子。

另一个工匠觉得好玩，也顺手拿起一颗小石子，扔向郭谏臣，不偏不倚投中鼻子。郭谏臣十分恼怒，大声喝道："无礼！"

这时，严府的恶仆站了起来，双手叉腰道："无礼又怎样？"并且弯下腰来，抓了一把土，撒向郭谏臣。郭谏臣整个人变得灰扑扑的，脸上、身上都沾满了尘土，模样十分狼狈，工匠、仆人笑成一团。

这时有路人上前，对仆人轻声说："这是袁州推官郭大人。"

严府恶仆头一扬道："郭大人又怎样？京里多少响叮当的大官，等在我家主人门口，动也不敢动。这个郭小人，他想怎样？"郭谏臣一语不发掉头就走，背后严府恶仆、工匠笑个不停。

# 林润敢作敢为

奸臣严嵩之子严世蕃，被朝廷发配雷州，他竟然中途开小差，溜到了江西，一面扬言要杀害徐阶，一面大起豪宅，严世蕃的仆人还打伤了袁州推官郭谏臣。

郭谏臣灰头土脸回到家中，气得发抖，他身为推官，谁看了都吓得手心出汗，今天竟被严府恶仆侮辱，那个瘦括括，黄渍渍，嘴边几根老鼠须的家丁竟然说："哼，郭大人又如何，郭小人又如何？"郭谏臣心想：这口气我如果咽了下去，我在袁州也没法儿混了。

因此，当夜郭谏臣就连夜写信，向南京御史林润告状。林润是个铁铮铮的汉子，一向敢作敢为，长得一副清贵的相貌，气度高华，尤其是那一双眼睛，不怒而威，任何人见到他，就会自然浮起信赖的感觉。

林润接到密报，加上平日巡访所得，上了一个报告给明世宗："臣巡视上江，遍访江洋大盗，发现全逃入了严世蕃、罗龙文家，两人日夜诽谤（fěi bàng）朝政，摇惑人心，并且以造宅为名，聚集四千勇士，凡经过道路的人无不心生恐惧，恐怕未来会发生不测，应当早日处理，免得生祸。"

明世宗一向不喜欢严世蕃，于是立刻下诏，命令林润逮捕。这时严世蕃还有一个儿子严绍庭在京中，得到消息，派人通知严世蕃，劝他赶快到雷州去。但是迟了一步，郭谏臣领兵来到，"喀哒"

一声，双手加铐，并且上了锁，又五花大绑捆了绳子，押到狱中。

郭谏臣对严世蕃说：“我早料到你会赶往雷州，早派人等候着。”严世蕃不理会，依然神气地大摇大摆。

同时，林润又上了一道奏章，细数严世蕃的罪状：“家产超过亿万不说，严世蕃经常挂在嘴边说，朝廷不如我富，朝廷不如我乐。”世宗看了七窍生烟。

不过，严世蕃到底是不一样的人，他虽成了囚犯，靠着手边有钱，买通了狱卒，拿掉了手铐，一路上仿佛贵公子。每晚照样吃酒席，就是到了京师，他还是回到家中听雨楼，似乎一切法令到了他身上全部不管用，他吃得下，睡得着，每天笑口常开。

他的心腹罗龙文就没这么坦然，天天唉声叹气。严世蕃却笑道：“不怕不怕，就算有大火燎原，我也有海水浇息。”

他对罗龙文说：“天下就只有三个人最聪明，哪三个呀？”

这一句话，罗龙文已经听过了千百遍，现在实在没心情，懒懒答道：“你、陆炳、杨博。”

“对。”严世蕃头一昂，很有把握地说，“现在陆炳已死，杨博自己焦头烂额，就剩下我一个天才，你怕什么？”

罗龙文不耐烦问：“究竟用什么方法脱险？”

“嘿，我有妙计，林润告我贿赂，这件事万岁爷不在乎，但是通倭（wō）寇，得想办法删掉。另外，得加上严家杀害杨继盛、沈炼两项罪名。”严世蕃笑嘻嘻说道。

罗龙文叫了起来，“你还嫌罪名不够多吗？”

严世蕃脸一板道：“照我的话去做没错。”

于是罗龙文找人放话，刑部尚书黄光升、左都御史张永明、大理寺卿张守道都认为：“对啊！杨继盛、沈炼是严家害的，该把这一罪状列为第一条。”

他三人拟好奏稿，前往徐阶府第，请徐阶过目。

徐阶看了奏稿，连连点头赞美："写得美。"但是吃完了饭，他又把三人请到了内室，压低了声音道："各位，你们认为严公子当死，还是当生？"

三个人异口同声道："严世蕃作恶多端，这个人死有余辜，不足以赎其罪。"

"嗯，很好。我们的看法是一致的。"徐阶眼光对大家一扫，"那么，各位立案是希望他死，还是希望他活？"

"当然是死啊！"

"林润的奏章中，并没有提出杨继盛、沈炼两个案子，何必画蛇添足？"徐阶提出疑问。

张永明马上抢着说："这两位忠臣都是被严嵩害死的，谁不知道？我们提出这两案，就是希望定严世蕃死罪。"

徐阶笑了一笑，摇摇头道："恐怕不是这样，严嵩害了杨继盛、沈炼，虽然引起天下人共愤，但是最后这两人是万岁爷下诏处死的，你们认为万岁爷看到这一段会怎么想？"

张守道说："万岁爷会以为我们讽刺他，处分林润，放严公子一马。"说着三人起立，向徐阶一作揖，"到底老谋深算，佩服佩服。"

# 徐瑛的顿悟

严嵩之子严世蕃恶贯满盈，终于被林润揭发罪状。但是严世蕃不以为意，反而对外宣扬，应该加上严家杀害杨继盛、沈炼两位功臣的罪行。原来，严世蕃了解明世宗绝不认错的心理，杨沈二人的被杀，到底是皇上批准的。因此，明世宗看到奏章一动怒，严世蕃就可以脱险了。

然而，强中更有强中手，严世蕃这一层用心被徐阶看出来了。刑部尚书黄光升等三人大为佩服，却又十分伤脑筋道："那么究竟应当如何下笔，才能定小严的死罪呢？"

徐阶清晰清楚地分析："贿赂一事，皇帝早知道，也不会在意。皇帝最容易动怒的，应当是勾结倭寇这一点。"说着，徐阶自袖中掏出一叠奏稿说："我老早就写好的，你们看看是否合适。"

刑部尚书黄光升，左都御史张永明，大理卿张守道等三人看后钦佩不已，随即抄写一份，盖上三个人的印章，火速呈入西内。

严世蕃经由管道，也看到了三人原先的第一份奏疏，他乐得哈哈大笑，搂着罗龙文的肩膀不断地摇晃："外面都说我该为杨继盛、沈炼偿命对不对？"

罗龙文愁眉不展，懒得开口。

严世蕃猛推了罗龙文一把："你别这么忧愁，放心！十天之内一切没事，你说，谁还会比我更聪明，更有才情？"

徐阶到底长期研究观察明世宗，对于明世宗的脾气性格摸得一清二楚。所以，明世宗一见到奏章中提及严世蕃勾结倭寇，外投日本，立刻御笔亲批："斩严世蕃、罗龙文。"

按照规定，皇帝批过后，还得审问，方才定罪。但是，如此一来，狡猾的严世蕃一定会消灭证据，狡辩脱罪。同时，明世宗若是一下子又心软，念头一转，也许又放严世蕃一条生路。所以，徐阶只跟三法司说了一下经过，再回报世宗说是："已经审问过了，证据确凿，请求立刻正典刑，以泄人神之愤。"

平常看来温文内向，反应略显迟缓的徐阶，在紧要关头，才表现出积极勇敢、冒险，为国除奸的气魄。为了这一刻，徐阶已经忍、忍、忍，忍了二十年，终于逮住了时机。

由于徐阶行事机密迅速，虽然京师之中到处都是严世蕃的耳目，竟处理得滴水不漏。当严世蕃、罗龙文被提往西市，严世蕃整个人呆住了，不明白差错出在哪里！

罗龙文整个人瘫得蹲了下去，一向横来横去，恶行恶状的严家公子仿佛成了呆子。他抓着罗龙文的手，"哇"一声哭了出来，罗龙文也放声大哭。

严家的仆人拿来纸笔，哭丧着脸道："总该写几个字留给老爷吧！"一向自认为最聪明，最有才气，最有气概的严世蕃接过了笔，整个人瑟瑟发抖，连笔也没法子握紧，一下子松在地上。

严世蕃问斩的消息，一时之间，轰动了整个京师，人人兴奋万状，走在大街小巷，个个咧开嘴笑个不停，互相询问道："你也听说了吧？"许多人还特地去打了酒，带到西市来看热闹。

明世宗下令抄家，严家的金玉珍玩、良田甲第，不计其数，光光是扇子就有两万七千多把，其他可想而知。其中最为名贵的是书画，也就是后代收藏家最为津津乐道的《钤山堂书画记》，其中许多珍品，至今仍保留在故宫博物院之中。

严嵩门下的走狗鄢懋（yān mào）卿也被抄家，抄出的东西人

严嵩曾经收藏的隋展子虔游春图，北京故宫博物院藏。

人称奇。例如，他家的壶是银子打造的，马桶上铺的文锦套子，是用最上好的绣缎织成，这原是用来装裱书画的。

严世蕃在嘉靖四十四年（1565 年）就刑，严嵩又迟了两年才死。这时的严嵩又老又病又穷，一个人寄居古墓舍旁边，天天希望早死早好，一个人佝偻（gōu lóu）着背走来走去。有人知道他是严嵩，投以不屑的眼光，严嵩默默地咀嚼寂寞与悔恨。他常希望如果还是当初的热血青年，能够重新再来一遍该有多好。

徐阶的儿子徐瑛，这才了解父亲多年来用心良苦。徐阶不是懦弱逃避，他是在等待时机。徐瑛觉得有这样的父亲好光荣。有一天，徐瑛回家又生气了，“我气坏了！今天竟然听到了有人说严嵩杀了夏言，父亲才设计杀严世蕃报仇。”

徐阶一点儿也没光火，他指一指徐瑛的心口道：“问自己的良心，别管任何人的闲话。”

徐瑛懂了。

# 打严嵩

徐阶费尽了千辛万苦，终于除掉了严嵩，扳倒了明朝的大奸臣。不过，一般民间都认为是邹应龙的功劳，这是因为戏剧之中有一出脍炙人口的“打严嵩”。

“打严嵩”这出戏的大意是这样的：

明朝嘉靖年间，严嵩父子在朝当权，欺压朝廷，残害忠良，连续杀害杨继盛等忠臣。御史邹应龙看不过去，于是假意投拜在严嵩门下，引为心腹。

有一天，邹应龙急急走来，到了严府的门口。

门官一叉腰道：“你哪里来的？”

邹应龙回答：“小官是外帘御史邹应龙。”

门官白了邹应龙一眼，冷冷道：“拿来。”

“拿什么来？”

门官不高兴了，“难道严府规矩都不知道吗？”

邹应龙摸一摸脑袋，说：“还有什么规矩？”

门官说：“红包。”

这下子邹应龙懂了。“要多少钱？”

门官回答：“大礼三百，小礼二百四，没礼免见。”

邹应龙不好意思，讪讪地说：“下官今日来得慌忙，没带银钱，改日多多奉上。”

门官一副绝不可能通融的表情道：“嗯，你就改日再见吧。”

邹应龙心想：据说严嵩这一个老贼霸道，就是他手下门官也都这么厉害。于是，他想要设计一个方法，整一整严嵩，出一出气。

邹应龙报告严嵩："小官前日巡查皇城，路过开山王府，遇到了开山王府的王爷常宝童，发现他窝藏了邱将军、马将军，并且用皮鞭拷打。"

严嵩很是愤怒，"常言道，打狗还看主人，我这就去开山府捉拿小儿曹。"

邹应龙原先与常宝童约好，只能让严嵩一个人进入开山王府。严嵩不知有诈，进了殿，入了座，常宝童就叫了起来："严嵩，你可知罪？"

严嵩扬着脸问："臣知何罪？"

常宝童道："你抬头看看。"

严嵩这才发现，中堂之上挂着明世宗的御相，大臣见君不拜自是有罪。

常宝童就借机开骂："你这一个老贼，今日在朝害文，明日害武，害来害去，竟然害到了我小王头上了。今天我如果不打你几下，岂不是便宜了你。来人哪！把他的袍子给脱了。"

严嵩吓得双手乱摇，直说："不可以，千岁！老臣打不得。"

常宝童大呼："来呀，给我乱棍打！"

严嵩被打得遍体鳞伤，落荒而逃。混乱中，邹应龙也偷偷地踹上两脚，严嵩没发觉。

浑身是伤，狼狈不堪的严嵩出了开山王府，"恰好"遇上邹应龙。

邹应龙故意问道："太师何以这副模样？"

严嵩叹了一口气："唉！被常宝童打成这样，我这要上殿禀报万岁爷。"

邹应龙摇摇头说："太师错了，倘若圣上问道，你的伤痕在哪里？”

严嵩气恼道：“浑身是伤。”

“怎么验法？”

“脱袍验伤。”

邹应龙道：“按规矩，大臣脱袍见君就是一项大罪，应当交部议处。”

严嵩想起来的确有这些规矩，他反问邹应龙：“依你的看法该怎么办?”

“找一个心腹，在你脸上抓几道伤痕，就当是给常宝童打的。”

严嵩望着邹应龙，说：“看来，你倒是最适合的人了。”

“哎呀！”邹应龙嚷嚷起来，“小的升官的恩惠还没报答，哪里还敢打太师。”

严嵩说：“不妨不妨。”

邹应龙就捡起一块砖头说：“来，这儿有一块砖，你就自己打自己，打重一点儿。”

严嵩自己打不下去，最后还是邹应龙代劳。打得严嵩极惨。

这一出戏毫无根据。严嵩是何等狡猾的老狐狸，他要真这么愚笨，被邹应龙骗得团团转，他也不叫“严嵩”了。不过，这一出戏历久不衰，一直到今天仍然大受欢迎。历朝历代都不免有作恶的奸臣，观众见到了常宝童、邹应龙责打严嵩，仿佛是为他们伸张了正义，因此大声鼓掌叫好。中国人忠孝节义的精神，也就随着戏剧代代相传，深植人心。

# 嘉靖皇帝乱花钱

严嵩离开了朝廷，明世宗觉得十分落寞。严嵩不是一个好人，明世宗心中比谁都清楚。因此他才指责严嵩“畏子欺君”。尽管明世宗知道严嵩时时撒谎，但是有个人时时伺候在身旁，甜言蜜语，小心巴结，也是一件十分爽快的事。所以，明世宗郁郁闷闷，无聊极了。

偏偏就在这个时候，宫里头闹鬼，就是大白天也有人看到鬼影子，或是在草丛中发现身影，一走近又消失了。明世宗一向最迷信，心中忐忑不安。

嘉靖四十三年（1564 年）五月里，一天晚上，明世宗心烦意乱，睡不着觉，起来踱方步，转了一圈又一圈，长吁短叹回到卧房。忽然间，他发现：“咦，怎么椅子上面多了一颗桃子？”

宫女们都摇摇头，不可置信地表示：“奇怪，刚刚还是空椅子啊！”

明世宗立刻传令胡潺（chán）。胡潺是道士陶仲文的徒弟，伶牙俐齿，很得明世宗的欢喜。胡潺捧着桃子，装模作样看了老半天，然后“扑通”一声跪倒在地，“这是西王母娘娘的蟠（pán）桃啊！一千年才熟一次的，怎么这样巧，恰恰就落在龙椅上面啊！”

“哦？真的？”明世宗心动了，他大声欢呼：“感谢上天恩赐啊！”

第二天，龙椅上又出现一颗桃子。当天晚上白兔生了两只小白兔。没多久，寿鹿又生了两只小鹿，群臣都来表示祝贺。这时胡潺又慌慌张张地奔来禀报明世宗：“这一只兔子可不是一般普普通通的兔子，这是月宫里捣药的仙兔，看起来万岁爷成仙的日子不远了。”

明世宗始终相信，以他这样虔诚祈求长生不老，总有一天，他会羽化登仙。到了第二年，明世宗过生日，似乎还没有成仙的迹象，他有点儿不耐烦。幸而宦官又偷偷放了两颗药丸在明世宗的龙椅上面，明世宗这才又转嗔为喜，到处嚷嚷：“这是天赐啊！要赶快举行大典，谢告诸神哪！”

明世宗每一次举行大典，不晓得要耗费多少金钱，反正他是天子，脑子里也没一本账，从来不把钱当钱用。单单祭祀用的黄蜡、白蜡，每年要用三十多万斤。当时最为珍贵的香是“龙涎香”。凡是进呈这种香的人，都能够得到高官厚禄。龙涎香长在云贵高原深山老林石洞中的悬崖旁边，为了寻找龙涎香，多少人死于非命。凡是采得龙涎香的人，转卖给高官大吏，从中就能赚取不少好处。

明世宗欢喜修殿，无论建大亨殿、大高元殿，筑祭坛都是用钱如泥沙，这不但造成了政府的财政困难，更为人民增添了数不尽的痛苦。

因为要修殿，处处要用大木头，皇帝要用的，当然得用最好的。一根大木头，从勘寻、发现、拖曳、出山、装船，不晓得要耗费多少人力，往往要一千个壮丁花上一整年的功夫，才能把一根大木头运到北京，真是劳民伤财。

明世宗还喜欢一样东西——珠宝。他大量采购各种珠宝，不论是猫儿眼、祖母绿、石绿、金刚钻、朱蓝石、甘黄玉，统统有兴趣。他还中意珍珠，尤其是又大又圆粉红色的珍珠。为了得到珍珠，明世宗派遣了太监前往广东采取。

太监到了广东，为了达成任务，命令老百姓一次一次入海采取，一下子就死了五十多人，只得到八十颗珍珠。因此有人讥讽：“这是以人换珠。”

太监完全不理会，昂着头说：“人命算什么？珍珠是万岁爷要的，这才稀罕！”

宫殿建筑，摄于北京故宫博物院。

此外，明世宗又在北京设置砖厂，在苏州织制御用绸缎，在江西烧制瓷器。当然，这些御用品，原来也是历朝皇帝享用的，但是明世宗要的特别多，特别精美，特别奢侈。就连最受批评的正德皇帝，在乱用钱这一件事上面，也得对明世宗甘拜下风。

这就是明世宗晚年的明朝概况。当严嵩健在当权时，天下人把矛头全对准了严嵩，把一口怨气全发泄在严嵩身上。中国人一向不作兴骂皇帝的。

可是，等到严嵩离开了朝廷，贤相徐阶当政，人们这才发现，顶多朝廷是回到没有严嵩的时代，政治腐败，人民负担也重，到处剜（wān）肉补疮，一塌糊涂。

所以，当时人私下议论："嘉靖皇帝，就是让我们'家'家户户，穷得干干'净'净。"真是好一个嘉靖皇帝啊！

# 海瑞顶撞御史

严嵩虽然被徐阶赶走了，明朝依然一步一步走向衰败。明世宗仍然不上朝，追求长生不老，胡乱用钱，天下有志之士都忧心忡忡，却又一筹莫展。

朝廷中有一位臣子最按捺（nà）不住，他就是历史上赫赫有名的海瑞。这个人在古今谏臣当中，是讲话最无所顾忌的一个人。海瑞姓海，是海南岛人。当时的海南岛穷困落后，海瑞的父亲海瀚，在海瑞四岁时过世，海家的日子过得更为凄凉。

中国许多伟人都是幼年丧父，由寡母一手带大。也许是因为孤儿寡母，缺乏可以依靠的大树，所以格外坚强奋斗吧！海瑞的母亲谢氏也是一个韧性极强的奇女子，她织布、纺纱，靠自己一双手带大海瑞，她也教导海瑞阅读《孝经》、《论语》、《春秋》等书。闲暇之时，谢氏常为海瑞讲历史故事，海瑞最喜欢听包公判案与杨家将的故事。

海瑞最崇拜包公，最钦佩包青天的正直，他每次都会仰起脸对妈妈说："以后我也要像包公一样。"

"当然。"谢氏对孩子很有信心，她摸摸海瑞的头说："你就是海青天。"

从小海瑞决定，长大以后他一定是海青天。

嘉靖二十八年（1549年），海瑞考取了乡试，他要求回乡服务。在大家都一心往外跑的时候，海瑞的决定让人们大吃一惊。反正，海瑞一辈子的所作所为都让人吓一跳。

海瑞如愿以偿，回到了海南岛，担任南平教谕。他是一个急性子的人，当天就急着去县学视察。由于明太祖重视学校教育，因此开国之初，他就下令各地的府、州、县普遍设立学校。明朝的学校，一般说来，比唐宋元朝都完备。

训导带领着海瑞参观县学，走过明伦堂，风景清幽，一片宁静，海瑞由衷地说：“这真是进德修业的好地方。”

训导也是一个直爽的人，他叹一口气道：“没办法，现在教员在混，生员也在混，个个想办法巴结长官，希望将来有一条好出路，没有谁是真正在用功读书的。”

“这不可以，”海瑞板起了脸，“非改不可。”

海瑞，选自《历代名臣像解》。

第二天，海瑞召集教员生员训话：“我们这一所县学，设立在洪武三年（1369 年），现在是延州府中最大的学府，各位有幸前来求学，一定要认真努力，把自己造就为人才，该赏该罚都得切实做到。”

海瑞是一个很严格的人，对教员严，对生员严。在他的敦促之下，整个县学立刻改观，海瑞自己带头，比谁都用功。这一件事很快传到了延平府，人人都听说，

“来了一个海教谕，谁都吃他不消。”并且“海教谕下了命令，以后官员来了，不许行跪”。

延平府的御史听说了这件事，心里非常不舒服，“这个姓海的小子，新官上任三把火，我不去瞧瞧，那真还是老虎不发威，给人当病猫呢！”

御史立刻前往南平县学，准备找麻烦，他一向认为官大学问大，若是不东挑挑、西削削，这些教员生员可能连孝敬送礼的规矩都不懂了。御史寒着脸，手背在腰后，缓缓踏入了明伦堂，两位训导与其他教员自然而然跪倒在地，只有站在两位训导中间的海瑞动也不动，只是作一作揖。

御史鼻子里“哼”了一声，凌厉的眼光往海瑞一扫，海瑞依然站得笔直。

御史火了，嘲讽道：“奇怪，怎么突出一座山，一点儿也不懂得规矩。”

海瑞马上更不规矩地回敬，“对不起，督学大人！这是县学，明伦堂是教导学生的地方，一定得保持师长的尊严。如果我到贵府求见，自当跪拜，这里是教学重地，请尊重《会典》中所言：‘官员前来，师生出大门迎接，行礼完毕，赴明伦堂，师生作揖，教官侍坐，生员东西序立读书。’”

御史气得脸上一阵青，一阵白，道理在海瑞那一边，他无法辩驳（bó）。回去以后，三天两头找麻烦，把海瑞整得死去活来，完全做不下去，最后只有递上辞呈。

但是知府不让海瑞离开，并且公开推崇海瑞有骨气。这时福建提督副使朱镇山听说这件“奇谭”，很欣赏海瑞，调他到福建正谊书院教书。

海瑞一点儿也不后悔，他干脆自号“刚峰”，表示他就是这般刚直。

# 胡公子踢铁板

海瑞因为坚持不肯在学校向督学下跪，并且搬出了明太祖的遗训，证明他的做法。因此，他得到了一个“海疯子”的外号，但是海瑞不以为忤，他甚至自号“刚峰”，为自己加油鼓掌。

嘉靖三十七年（1558年），海瑞调为淳安县知县，淳安县在浙江省，景色如画，李白曾经有一首诗形容：“鸟度屏风里，人行明镜中。”海瑞兴匆匆前往就任新职。

然而海瑞到达淳安，却发现淳安县破败荒凉，人烟稀少，而且走在路上，几乎全是上了年纪的老人家，海瑞觉得奇怪，找来一位老婆婆问话。

老婆婆又瘦又驼又黑又小，脸上全是层层叠叠苦涩的皱纹，仿佛一颗干瘪的枣子，她不耐烦的回答说：“哪个年轻人愿意留下来呢？天灾人祸，一片荒凉，尤其这儿是浙江安徽间的要道，一天到晚有官吏经过。”说着，老婆婆白了海瑞一眼，“反正当官的全是一个样，总是骗吃骗喝，害苦百姓。”

海瑞当场几乎叫了出来：“我不是这样的！”

转念一想，不必多说，说干了嘴，老婆婆也不会相信的，他会用事实证明，他这个芝麻小官和一般官员不一样。

第二天，海瑞就一身短衫装扮，与家人仆役一起开荒种菜，绝不骚扰百姓。有一天，海瑞利用假日垦田，仆人递过来一个西瓜，天气炎热，海瑞吃得满手满脸全是西瓜汁，十分过瘾。他问仆人："这瓜好甜，哪儿买来的？"

仆人邀功似的回答："这哪需要买，前面瓜田里全是，我再去摘几个来就是。"仆人兴奋地往前跑去，被海瑞一把揪住，火大地骂道："原来是偷来的，赶快去赔钱道歉，一个瓜多少钱？"

仆人十分委屈地说："知县大爷吃了个瓜算什么？而且又没人知道。"

海瑞不说话，一双眼睛瞪着仆人。

"大概三文钱吧！"仆人小声地说。

"嗯。"海瑞数了六文钱，放在空空的瓜瓢里，对着仆人说："三文是瓜钱，三文是罚金。你赶快放回瓜田。"

当仆人捧着瓜瓢回到瓜田，一大堆乡人围拢来看，个个啧啧称奇："吃个瓜算什么，知县大爷太认真了！"

"也太不一样了。"曾经数落过海瑞的老婆婆，咧开嘴大笑，"我老太婆活到现在，第一回看到这样的官员，也算是没有白活了。"

在这之后，海瑞又平了几件冤狱，地方人士更送上"海青天"的美名。海瑞不大欢喜地说："我从小最怕听到'青天'二字，如果到处风和日丽，谁看得出来哪一块是青天？就是现在几乎官场全是黑压压的一片，偶尔遇上比较清正的官吏，老百姓就高兴得以为遇上了青天。这'青天'二字，背后有多少辛酸与黑暗哪！"

海青天作风果然不一样，例如他为母亲做寿，并没有宴客，不过只买了两斤猪肉添菜。这般的俭朴，连浙江总督胡宗宪都知道了，并且用这当作话题，教训浪费成习的儿子："你看看，人家当了知县还这般节省，你该学习学习。"

胡宗宪的宝贝儿子一向不学好，从来不肯安安静静读一会儿书，他的理由十分奇怪："我屁股上长了一根针，坐久了会疼。"因此，他整天到处东逛逛西走走，仗着自己是总督的儿子，到处找人麻烦。

胡公子最羡慕严嵩的儿子严世蕃，他总是想："假如我老爸有严嵩威风，我也就不可一世了。"胡公子听说了海瑞的海疯子作风，非常不以为然，胡公子对手下说："这种人自命清高，不教训他一下，那是不可以的。他为老母亲祝寿，只买两斤猪肉，太小器了，至少得宰一只鸡才行。"

于是，胡公子跑到了淳安县驿站，嚷着要他们招待酒菜，并且准备一只鸡，清炖或是红烧都可以。

驿卒可怜兮兮回答："小地方只有粗茶淡饭，没有鸡食供应。"

胡公子一个巴掌就挥过去，把驿卒打得鼻青眼肿，嘿嘿冷笑："没有鸡是不是？那就把你像鸡一般倒悬在屋梁上面。"

海瑞一向最痛恨官员横行霸道，欺负百姓，他久闻胡公子蛮横，这下子逮到了机会，把胡公子五花大绑押到了衙门，结结实实打了一顿，众人拍手叫好。

胡公子细皮嫩肉，一面挨打，一面呀呀申辩："我是堂堂胡总督的儿子啊，怎么随便打人？"

海瑞故意说："竟然敢冒充胡公子，再打！"衙役又劈哩啪啦打了一顿。胡公子捂着屁股，狼狈回到总督府。胡宗宪又恼又气，"想吃鸡，家里多得是，自己去受辱。"

胡宗宪也不满意海瑞不近人情，但是自己理亏，只好闷在心里。

# 鄢懋卿摆阔

明朝嘉靖年间，浙江总督胡宗宪之子胡公子骚扰乡里，把驿卒像市场出售的鸡一般，倒悬在屋梁上面，清官海瑞逮住了胡公子，让衙役卒好好痛打一顿，然后以“胡公子是冒充的，不然不至于胡作非为”当作理由，交还给胡宗宪。胡宗宪气得牙痒痒的，却拿海瑞无可奈何。

从此，“海疯子”的盛名，响遍整个浙江，甚至传到了北京。胡公子仗着父亲撑腰，不晓得欺负过多少女孩子，总认为自己英俊潇洒、风流倜傥，老是扬着眉毛道：“本公子看得起你家女儿，才找上她。”这一会儿，胡公子挨了揍，人人争相走告：“哎，你没瞧见胡公子一拐一拐的狼狈模样，真正是大快人心哪！”

海瑞自己清楚，这样的作风，未来的前途难测。但是他决定继续大快人心，至少可以帮老百姓吐一吐长久以来的怨气。

没多久，海瑞收到一件公文，指示海瑞郑重接待巡盐都御史鄢懋卿。鄢懋卿是严嵩面前一等一的红人，严嵩十分欣赏他，所以把两浙、两淮、长芦、河东的盐政全交给了他。

在中国古代，盐几乎都是国家专卖。明朝也是这样，并且规定了极为严格的“盐法”，凡是贩卖私盐就判死罪。“盐”是维持生命的必需品，也是炒菜不可或缺的调味品，鄢懋卿一人掌理四大盐区，肥水多多，不在话下。

鄢懋卿奢侈豪华，不亚于严嵩。因为钱实在多得用不完，他竟然用白金打造尿壶。马桶也围上了文锦织成的软套子。许多百姓听说之后，忿忿不平地说："我穿的衣服东一个洞，西一块补丁，还不如鄢府的马桶穿得体面！"

鄢懋卿一点儿也不在乎人们的批评，他非常疼爱老婆。鄢夫人长得十分漂亮，可是化妆品多，粉擦得特别厚，因此好事者私下为她取了一个"石灰墙"的外号，讽刺他夫妇两人脸皮厚。

鄢懋卿喜欢带着夫人到处游玩，他们乘坐的轿子是十六人抬的特大号轿子。此外，轿前还一定有十二个美女，花枝招展，载歌载舞地拉着彩带开路。这样的花车游行排场，世上罕见。所以，只要他一出门，到处有人围观看热闹。

这一回，鄢懋卿从扬州到杭州，沿途拉船的挑夫，起码五百名。海瑞接到公文，怒由心生，严嵩和严嵩的手下，全是他最厌恶的，他看不惯这些人欺压百姓。

因此，海瑞当下写了一封信，简单表示：淳安县是个小地方，招待不起，请绕道而行吧！

鄢懋卿一向神气惯了，也一向霸道惯了，他一路上看到的全是低声下气、满脸恐惧的官员，从来没有人敢在他面前反抗，鄢懋卿气得满脸通红，说："我从来没有见过这样不礼貌的事，也从来没有见过这样不礼貌的人。"

鄢懋卿气呼呼把海瑞找来，指着海瑞的鼻子，说："我是你长官，我可以让你担任知县，我也随时可以让你不当知县。"

海瑞不吭声，双方僵持了一阵子，海瑞才开口说："百姓正在农忙。"

鄢懋卿自鼻孔中哼了一声："挑夫不可以免。"

第二天，海瑞很难过地带了五百挑夫前来报到，他对自己不能解决这件事深感对不起大家。因此，他也腰系麻带，光着脚丫，准备下江拉船。

知县老爷当挑夫，这是千古未有的奇闻。鄢懋卿看到了，气得浑身发抖，怒声指责："海瑞，你真是丢尽了当官人的脸。"海瑞心中却有另一个声音："鄢懋卿，你才是丢尽了当官人的脸哪！"

鄢懋卿觉得受到了侮辱，一路上念个不停："我从来没受过这样的气！"回到京中，鄢懋卿一弹手指，果然就摘下了海瑞的官。海瑞原可升为嘉兴通判，一下子贬为兴国州判官。

淳安县的百姓都哭了，人人低着头，心中充满了不平。正义在哪里？公道在哪里？海瑞脾气是直了一点儿，但是他在地方上的建树，没人比得上。

由于海瑞正直，他不肯接受任何礼品馈（kuì）赠，家家户户想了一个办法，人人家门口，清水一杯，铜镜一面，代表海青天："清如水，明如镜。"

海瑞离开了衙门，挨家挨户道别。淳安县民哭，海瑞哭。海瑞走到哪儿，鞭炮响到哪儿，个个脸上哭，不忍海瑞。人们心中都有另一种哭声："管你朝廷怎么的不公平，我们淳安县民生生世世敬爱海瑞。"一直到今天，淳安县仍传诵着有关海瑞的歌谣。

海瑞感动了淳安县民，淳安县民也感动了海瑞。海瑞抹干了泪水，大踏步继续奋斗。

# 海瑞重视环保

海瑞因为得罪严嵩手下的红人鄢懋卿，被贬为兴国州判官。由于淳安百姓的含泪相送，原本灰心失望的海瑞，又精神抖擞准备大干一场。

海瑞到了江西兴国州，还是拿出在淳安的拼命精神，人一到就到处跑，到处问，没有多久就推出了一套“兴国八议”，包括丈量土地、平均赋役等八种施政方针，并且说做就做。

海瑞先平定了盗匪，驱逐了地头蛇，一切井井有条。然后他着手治理旱灾。兴国是很奇怪的一个地方，一天到晚闹旱灾，三天不下雨，地上就仿佛在喷火。有个老人家说：“没办法，二十多年前，烧了一场大火，把所有树都烧得干干净净。”

海瑞当下决定：“治山治水先栽树。”他是一个急性子，从邻县调来了十几万株树苗，并且贴出告示：

凡是兴国百姓，不论官民，三天之内每人插杉苗三十株。逾期不插者，一律强制执行，加倍补插。插完之后还得保护存活，凡是毁树或是故意违抗的人，罚银二十两，并且补栽五倍。

告示贴出来了，却没几人看得懂，因为兴国州大半是文盲，海瑞只好耐心的一遍一遍念。念完了，一个年轻人瞪大了眼睛，问：“奇怪，为什么毁树要‘发’银子二十两？”

海瑞一听，差点儿没昏倒，他急着摇手，说：“我是说‘罚’不是‘发’，毁树拿钱，这还了得吗？”

众人哄堂大笑，海瑞可笑不出来。所以，当树苗栽下，蓄水池造好以后，海瑞开始积极兴办学校。十年树木，百年树人，海瑞两件事都做得顶呱呱。不久，海瑞被升为户部主事，回到京城。

这时候严嵩、鄢懋卿都已经垮台。海瑞的好朋友、广西人何以尚笑着对海瑞说："你看，整你的人先垮了，这就是老天有眼。"

海瑞不觉得高兴，他寒着脸道："没错，徐阶了不起，终于把严嵩扳倒了。但是我从地方一直到中央，看到的是民穷财尽。老百姓都说，什么嘉靖皇帝，就是家家户户穷得干干净净。"

何以尚赶紧站了起来，用手捣着海瑞的嘴，说："你小心点，这是天子脚下，当心有人听到，你就惨了。"

"万岁爷为什么这样笨蛋，二十多年没上朝，道士陶仲文自己都不能长生不老，陶仲文搬弄的仙桃仙兔怎可相信？万岁爷在全国修寺院道观，胡乱花钱，非把国家搞垮不可。"海瑞谈起来就一肚子不满。

何以尚望着海瑞一脸正气，非常担心地说："你小心点吧！记得苏东坡曾经说过一个故事：艾子带着一群学生外出，遇到一个老公公，请老公公给他们一点水喝。老公公说：'好，你们若是认字，我就给你们水喝。'

"学生说：'认字，谁不会？'

"老公公写了一个字，学生当场叫了起来：'真。'老公公转头就走。

"艾子立刻叫：'直八。'

"老公公这才笑嘻嘻，把水端出来，请学生们喝。

"艾子长叹：'这个世界原是不得认真的。'"

海瑞笑道："不过，我和苏东坡一样，一肚皮的不合时宜，我就是认真人。"

何以尚很忧心，他非救海瑞不可，免得海瑞直言惹祸。于是，他翻出许多佛经，捧来送给海瑞，同时苦口婆心劝道："照佛家来说，一切都是空的，人死了不过一堆白骨，因此不用太烦恼。"

海瑞道："正因为人不过是臭皮囊，我现在死，或以后死不都一样？再说，就像地藏王菩萨所说的，地狱还没净空以前，誓不成佛。我也是同样的心情。"

何以尚说："了不起再当一个杨继盛，于事无补。"

"不是这样的，杨继盛的壮烈，鼓舞了多少人心，我在淳安，虽然吃了亏，但是百姓也看到了真正中国读书人。杨继盛临刑诗中说，'生平未报恩，留作后人补。'我要补这一个位置。"

何以尚问："你能说得动万岁爷吗？"

"总得有人试一试。试不成，了不起牺牲我命一条，万一中的万一,万岁爷听进去了，我大明朝就有希望了。"

"不只牺牲你一个人，还有老母妻小啊！"

"这……这……"一向硬汉的海瑞开始掉眼泪，他擤（xǐng）一擤鼻子，说："我不忍，我爱天下百姓，我不忍看他们受苦，你再说空不空，我仍然不忍心。"

何以尚呆住了。他喃喃道："大家都说海瑞刚直，他对国家对天下人的爱，其实是最纯洁柔美的。我终于明白无欲则刚的道理！"

# 海瑞的奇迹

严嵩垮台，明朝依然国势不振，其中的关键，当然是出在明世宗身上，刚直的海瑞决定上疏劝谏皇帝，他的好友何以尚十分担忧。

何以尚回到家中，在书架上找到《贞观政要》一书交给海瑞，诚恳地对海瑞说：“唐太宗是最能接纳劝谏的皇帝，但是臣子也该尽量委婉，理直气和。”

何以尚并且翻开其中一页，说：“你看，以汉元帝的故事为例，他要去祭宗庙，宗庙前有一条河，汉元帝突然心血来潮，他想乘船，不想坐轿子。御史大夫薛广德突然摘下了乌纱帽，大声地吼说：‘非得坐轿子不可，乘船太危险，陛下今天如果不听我的话，我就在这儿自刎，让车轮上沾满鲜血！’

“汉元帝非常不高兴，幸亏光禄卿张猛站出来打圆场，说：‘乘船的确危险，还是坐轿子过桥安全，陛下多珍重。’汉元帝白了薛广德一眼，气嘟嘟地说：‘话不能这么说。’最后还是乘轿子。

“我再讲另一个故事，这是唐朝大诗人杜牧所写的一段故事：某甲好心劝告某乙，要某乙不要吃某一种食物。某甲说：‘你如果吃了，必死无疑。’某乙大大不以为然地说：‘我就是喜欢吃这玩意儿，而且吃了许多时候了。你说我会死，我就加倍吃。’某甲如果委婉劝他少吃一点儿，也许某乙就听进去了。”

海瑞睁大了眼睛，眨也不眨地听完了何以尚的忠告后，说：

“你的好意，我心领了。但是，一来我性格使然；二来万岁爷到底不是唐太宗；三来别忘了徐阶可是最委婉小心的了，想来他劝了不下千百回，有用吗？”

何以尚无法回答，他难过地点点头，正色问海瑞：“有没有我可为你效劳的地方？”

“有的。请为我准备一口棺材，请把遗书交给我母亲。”海瑞平静地交代后事。何以尚已经泣不成声，海瑞反而安慰他说：“我求仁得仁，这是我心甘情愿，无怨无悔的。自从决定做这件事，反而有一种说不出的坦然和解脱，好痛快！”

果然，海瑞写下了历史上最直接，最激烈，也最痛快的奏章，在嘉靖四十五年（1566年）二月呈献给明世宗。

这篇奏章是千古奇文。海瑞开始，还稍稍捧了明世宗几句，然后他就不客气地批评：“陛下聪明反被聪明误，迷信长生不老之术，二十多年不上朝，官吏贪横，民不聊生，水旱灾不断，盗贼遍地。最近严嵩罢相，严世蕃处死刑，国家却一点儿也不清明，天下人看不起陛下，不齿陛下的作为已经很久很久了。”

明世宗看到这儿，怒火攻心，从来没有一个人敢这样骂他的，气得把奏章揉成一团，扔在地上，整个人瘫在软椅上，似乎快断气了。他用手一遍一遍摸着胸口，勉强平静下来，恨恨地说：“快快快快把这个胆大包天的海瑞捉来，千万不能让他给溜了。”

“不会溜的。”一旁的宦官安慰明世宗说：“万岁爷请息怒，据奴才所知，这个海瑞，外号叫‘海疯子’，他在上疏以前，已经买好了一口棺材，遣散了家仆，一心一意等死。”

“嘿，世界上还有这种不怕死的人？”明世宗不以为然，他危危颤颤站了起来，捡起揉成一团的奏章，把奏章摊平，说：“我倒要看一看，这个海疯子要怎么羞辱朕。”

明世宗继续看海瑞的上疏。奏疏写着：“陛下的错误太多了，最主要是求长生不老。古代的方士今天没谁存活，陛下拜陶仲文为师，现在陶仲文自己也死了，陛下还相信。至于仙桃天药，全是左右奸人用来欺骗陛下，陛下竟然信以为真。

“陛下如果悔悟，恢复上朝，也许能置身于尧舜禹汤等圣君之间，使臣子们也一雪数十年来拍马屁的耻辱。今天大臣们因为贪图俸禄喜欢阿谀，小臣害怕得罪把舌头也打了个结。臣海瑞心中不胜忿恨；因此冒着一死，不能不尽区区的心意。”

这真是最犀利的奏章了。明世宗看完，只觉得眼前一黑，头脑轰轰作响，尤其是最后一句：“嘉靖，家家穷得干干净净。”仿佛一把尖刀，不偏不倚直中心脏。天天听惯了歌功颂德的明世宗，完全无法招架。

最为体贴，最懂得保全忠臣的徐阶，附在明世宗耳边说：“陛下，您现在如果杀掉海瑞，反而成全了‘海疯子’。”

“对！”明世宗从焦黄的牙齿中迸出一句，“朕不能成全海瑞！”这时的海瑞，心中坦然，端坐在家中，等待被捕。

# 海瑞无罪释放

海瑞上疏明世宗，用最直接、最激烈的言语，指责明世宗不该迷信长生不老之术，害得国家民穷财尽。

明世宗一向是个小器的皇帝，从来听不得任何忤逆的话，皇后稍微皱个眉头，他又打又骂；大臣上疏，在朝廷上当场被活活打死。世宗一直深信，没有任何人敢触犯他的权威。

直到他碰上海瑞，海瑞的一句："天下人看不起你已经很久了。"这一句话让他从腰凉到了整片背脊，脑袋轰隆轰隆作响。明世宗一辈子没受过这样大的打击，他一遍一遍自问自答："难道国家真的民穷财尽了吗？"

凭良心说，明世宗不是一个好皇帝，但也不是暴虐的君王。他对于海瑞的指控觉得委屈，却也第一次对怠忽朝政自责。明世宗喃喃道："海瑞这个人的忠心耿直可以和商朝的比干互相比较，但朕绝对不是商纣哇！"

徐阶一旁赶紧安慰道："陛下当然不是商纣。"

商纣是商朝时代荒淫的皇帝，最爱摆阔，衣服上面缀满了珠宝，走起路来叮叮当当的。皇宫大门用黄金打造，柱子用宝石雕砌。他还造了一座酒池肉林，酒池大到可以在里面划船，酒池旁边竖了许多木柱，木柱上排着各种香喷喷的烤肉，以便纣王可以在酒池旁饮酒，一伸脖子就能吃到烤肉。

纣王宠爱妲（dá）己。妲己和纣王一般生性残忍，两人商量出许多害人的办法。例如炮烙之刑，就是用炭火把铜柱子烧得火热，再让犯人在铜柱上爬行，犯人一旦摔下来就会被火烧死。

纣王的叔叔比干看不过去，向前劝谏纣王，纣王冷笑道："我曾经听说圣人的心有七个孔窍，我倒要看一看你比干的心有几个窟窿。"纣王居然真的杀掉叔叔比干，剖开肚子，把比干的心拿出来研究。

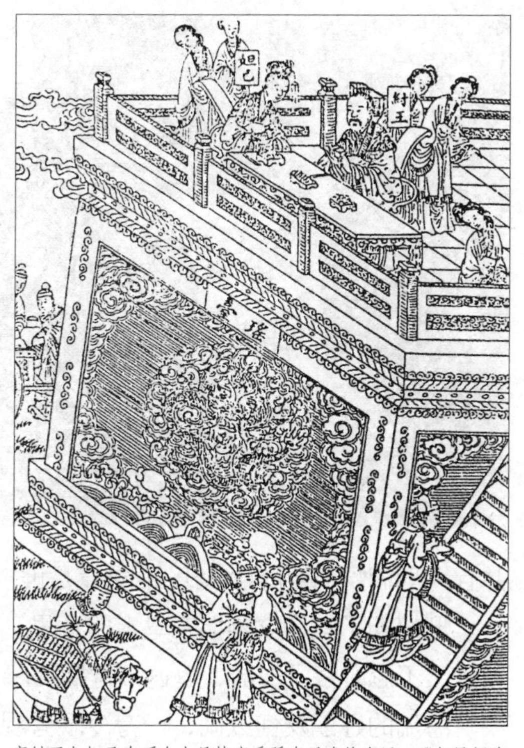

商纣王与妲己在瑶台上尽情享受骄奢淫逸的生活，哪知民间疾苦、诸侯离心。

明世宗本来身体就不好，他又一向认为自己身体不好，这一下子整个人虚脱了，时而清醒，时而昏迷，一连几个月，手上都拿着海瑞的奏章。

海瑞的奏章，海瑞的冒死进谏，终于拨动了明世宗的心弦。他对徐阶说："海瑞奏章里讲的都是对的，朕实在也是病久了，怎能处理朝政？"

过了几天，明世宗想想，身为皇帝，竟然被一个小臣骂得狗血淋头，这口气难以忍受。他又理不直气不壮地为自己辩解："假如不是朕不晓得爱惜身体，遭到疾病的困扰，假如朕能走出宫门，朕哪里会受到这个人的诟骂？"

于是，明世宗考虑了几个月之后，终于还是把海瑞逮捕入狱，

明世宗，明宫廷画家绘。

并且大刑伺候，要海瑞供出："究竟是谁主使的？"

刑部问了案，立刻揣摩皇上的意思，奏请将海瑞处死。偏偏明世宗又不忍心杀了海瑞，迟迟不肯批下。

海瑞的好朋友何以尚，一旁冷眼旁观，他直觉认为，明世宗良心发现，不想杀海瑞，不然以明世宗的脾气，老早就拖来砍了，哪里还留到今日。

因此，担任户部司务的何以尚，上了一个奏章，请皇帝释放海瑞。明世宗大怒，他觉得内心的秘密被何以尚看出来了。一肚子的火正没有地方发泄，刚好把何以尚当出气筒，抓了来，打了一百大板，交付锦衣卫审理。

嘉靖四十五年（1566年）冬天，明世宗灯尽油枯与世长辞。崩逝之前，明世宗找了徐阶，留下遗诏："朕奉宗庙四十五年，享国长久，是历朝没有的。朕一心一意想服务人民，奈何体弱多病，过分追求长生之术，以至于被奸人欺骗诱惑，凡是因为建言获罪的臣子，一律释放重新任用。"这也是说海瑞、何以尚都无罪释放。

监狱的长官得到了消息，他想，得赶紧巴结海瑞了。所以，准备了上好的酒菜，恭恭敬敬送到了牢房里面。海瑞以为是行刑前最后的晚餐，他和何以尚两人，坦坦然然地大吃大喝，大声唱歌。酒醉饭饱之后，海瑞笑着对监狱官说："好了，该上西市问斩了。"

监狱官这才公布了好消息，神秘地说："恭喜海大人，皇帝已经登天了，大人不久将见天日，卑职是设宴饯行。"

狱官原以为海瑞一定乐疯了。不料，海瑞突然跪倒，面向北方，呼天抢地，大哭特哭，把刚才吃的酒菜全给吐了出来。原来海瑞骂嘉靖皇帝最严厉，其实他最爱嘉靖皇帝。真是爱之深责之切呀！

明世宗显然也察觉，海瑞刚直的背后，其实是对国家君王最纯洁的爱。所以，海瑞是古今谏臣当中，出言最无顾忌的，竟没有被明世宗杀害，也算是奇迹美谈了。

# 戚景通父子相传

明朝将军戚景通正直不阿，他一心一意培植儿子戚继光，希望他长大以后，“继”承祖先的“光”耀，负起保国卫民的责任。

戚景通为了鼓励儿子研读兵法，特别封他为“小光将军”，小光将军授命以后，白天带着邻居小孩子，堆城堡，挖战壕，骑马打仗非常过瘾，晚上就坐在爸爸腿上，听他讲解《孙子兵法》。

小光八九岁时，已经将《孙子兵法》念了大半了，对他的年纪来说，这本书是深奥了一些，但是他兴趣浓，戚景通兴趣更浓。小光不单单会背诵，甚至每一段都能解释得清清楚楚，因为戚景通会考试。

“小光，你说说看，‘用兵之法，无恃（shì）其不来，恃吾有以待之。’这是什么意思？”

“‘恃’是依靠。这句话是说，用兵的方法，不能依靠敌人不来侵略，最重要的是依靠自己有所准备。”

“很好，小光聪明。”

“那我们今天晚上可以不可以吃馄饨（hún tun）汤？”小光乘机要求。

戚景通住的巷子里，晚上经常有一个老伯伯敲着梆子卖馄饨汤，他做的馄饨小而薄，里面包一点点肉，撒些葱花，淋点麻油，香得不得了。小光每次都用舌头把碗舔得干干净净。可是因为家里穷，父亲俭省，吃到的机会不多。

“好，今天我们就吃馄饨。”戚景通答应了。小光拍手叫好。在冬天的夜晚，父子两人对坐吃馄饨。小光很开心，戚景通摸着儿子的脑袋，说：“爸爸想为你制造一点回忆。”

戚景通对儿子的爱，那是没话说的，但是这位父亲的严厉可也是少见的。

有一天，戚家的门坏了，请了工匠来修理，戚景通对工匠说：“两根楹（yíng）柱之间，就装四扇雕花门户。”

工匠开始敲敲打打，小光将军和一些小孩子好奇地在一旁观看，工匠对小光说：“你父亲是将军吗？”

“对。”小光最崇拜父亲，挺着胸膛回答，并且加了一句：“我将来也要当将军。”

“你知道吗？按照规定，将门之家可以装十二扇雕花门户的。”

“真的呀？”小朋友们一致叫了起来。

“我赶快告诉父亲去！”小光一溜烟冲去找戚景通。

戚景通听了小光上气不接下气的报告，慢条斯理地说：“这规定我早就知道了，不过用不着讲排场，四扇雕花门户就够了。”

“可是，可是……”小光嗫嚅道，“其他人都知道我们应该有十二扇雕花门户哇！这样多没有面子啊！”

“小光将军，”戚景通表情严肃的说，“我不喜欢你养成虚荣的习惯。”

“是。”小光低着头默默走开，心中十分不快乐。

过了两天，又发生一件事。小光的外公送来一双漂亮的丝绸鞋子，上面还绣着两只小狮子。小狮子两只发亮的眼睛凸出来的，一走起路来就会晃来晃去，既抢眼又有趣。

小光试了试鞋，刚刚好，他穿着新鞋，一蹦一跳，急着跑出去让同伴瞧一瞧。

戚景通刚好从外面回家，一眼看到小光穿新鞋，马上下命令道："快，快脱下。"

"我不要，这是外公送给我的。"

戚景通火大了，把声音提高："还不赶快脱下来。"

小光委屈地哭了起来，用手擦着眼泪，抽泣着回答："妈妈要我穿的，又不是偷来的鞋。"

戚景通也觉得自己太凶了，换了和缓的口气："乖小光，你小小年纪，穿这么好的丝鞋，将来当了军官，非扣大兵的军饷不可，这样怎能和士兵同甘共苦呢？"

"好嘛。"小光万般不情愿，勉强脱下了鞋子。

戚景通为官清正，有朋友看不过去，对他说："看你将来有什么东西留给子孙后代。"

戚景通当着朋友的面，找来小光，严正地说："小光，我留给你国家土地，好好保卫。"

小光将军行了一个军礼，恭敬回答："孩儿誓死保卫。"

朋友摇摇头，说："这一对父子，一模一样。"

# 戚家的教养

明朝将军戚景通教子有方，戚继光在父亲的教导下，勤读兵书，努力向学，一天一天地茁长。

但是，因为戚景通坚持清廉，戚家的经济环境始终不佳，戚继光十岁那一年，他亲爱的母亲过世了。这一件事对父子两人来说，都是莫大的打击，却也使得他们父子的感情更加亲密。

戚继光十七岁那一年，父亲七十三岁了，染上重病，无法下床。戚继光日夜照顾，口中喃喃说："该让我来生病比较好。"

"胡说！"戚景通呵斥儿子："国家还要靠你保护。"说着，戚景通咳个不停，吓得戚继光赶紧跑过来拍拍父亲的背。

戚景通也警觉自己太过严厉了，于是语带抱歉地说："小光将军，你实在很乖，别怪爸爸总是对你很凶。我五十六岁才得到你这个儿子，不知道能陪伴你几年，总急切想把一切教给你，你要原谅爸爸。"

"爹，别这么说嘛。"戚继光听了心酸酸的。

"另外一方面，我认为，你一定得有好的教养，戚家的子孙必须谨言慎行，非礼勿言，非礼勿行。你将来领导的戚家军也一定得有纪律有教养，就像岳飞当年领导的岳家军一般。"戚景通一口气说到这里，已经气喘如牛。

这时窗外传来卖馄饨的梆子声，这是他们父子最爱吃的点心。戚景通忽然兴致来了，吩咐儿子："赶快去买两碗。"

因为经济不宽裕，他们通常只买一碗分着吃。难得父亲有这个胃口，戚继光赶紧飞也似的冲了出去。一会儿，端来两碗香喷喷、上面直冒着热气的馄饨，戚继光坐在床边，准备喂戚景通。

戚景通摇摇头，说："我不想吃，我想看你吃，两碗吃得光光的，我也任务完成，可以放心走了，人生的生老病死就是这一回事。"

戚继光一向听父亲的话，他乖乖坐在床边，就着碗，半点食欲也没有，眼泪再也忍不住，大颗大颗落在碗里。好不容易忍住了泪，用汤匙舀了一个馄饨，却怎么也吞不下去，喉头仿佛卡住了，他这一辈子没吃过这么难吃的馄饨。戚继光端起碗来喝口汤，因为汤中全是泪水，咸得不能入口。

当天晚上，戚景通过世了。戚继光整个人呆住了。他知道父亲迟早会走，却不相信父亲真的离开人间，他的嘴张得大大的，泪水不断奔窜，心中一遍一遍默背着《孙子兵法》："兵者，国之大事，死生之地，存亡之道，不可不察也。"

戚继光一面办理丧事，一面暗暗提醒自己："我一定要继承家业，光大家业，把戚家的教养带到军队中。"

戚继光继承父亲，担任登州指挥佥（qiān）事。由于这个职务并不繁忙，他就练兵读书，并且期许自己做一个好官，勇猛进取，其他一切利害得失，全部不屑计较。

不久，戚继光被调到山东。初上任，他就碰到一件棘手的事，他的亲舅舅是低阶军官，正好受他指挥。舅舅一见到戚继光，亲亲热热走过来，摸一摸戚继光的脑袋，叹一口气道："小光都长这么高了，你妈妈如果还活着，不晓得有多开心。"

戚继光觉得好窘，所有士兵都朝着他看。他不想对舅舅搬出长官的架子，可是舅舅又不识相，真是为难极了。另外一方面，戚继光看到舅舅，马上想到去世近十年的母亲。母亲和舅舅长得好像，都有圆圆的下巴。因此，戚继光对舅舅又有一种说不出的亲切。

过了两天，舅舅出事了。戚继光三令五申，军队得严守纪律。舅舅却犯了规，带了几个兵出去玩了两天才回营。大家都等着看戚继光怎么处置。

戚继光，选自《历代名臣像解》。

经过一番剧烈挣扎，戚继光决定照规定办事，给予舅舅该有的责罚。舅舅脸孔胀得通红，非常不以为然。不过，部队里人人称赞戚继光坚持原则，不偏袒亲人。

到了晚上，戚继光把舅舅找来，“砰”的一声跪倒地上，说：“对不起，请舅舅原谅外甥的无礼。”

舅舅原来是要发脾气的，戚继光这么一跪，他反而傻了，连忙把戚继光扶了起来，连连道歉说：“是我的不对。”

从此以后，舅舅成为最守规矩的军官，他对戚继光说：“我一定发挥戚家的教养，严守军队的纪律。”

戚继光的诚恳，让他化解了危机。

# 倭寇侵扰中国

戚继光继承父志，一心保国卫土，“继”承“光”大祖宗的志业。他忧国忧民，始终担心“倭寇”会为中国带来祸害。因此，写了一首诗：

封侯非我意，
但愿海波平。

所谓海波，指的就是海中的波浪，喻指倭寇的猖狂。

倭寇的祸患从元末明初开始，到了嘉靖年间最为猖獗。在十四世纪末叶，日本北朝的足利氏征服了南朝，结束了长期以来南北朝分裂局面。

南朝失败以后，有一些武士，勾结了一些商人、农民出海掠劫，形成严重的倭寇之害。嘉靖二年（1523年）时，日本足利氏的首领细川氏和西海路诸侯大内氏各派遣贡使到宁波。

按照规定，货物入关的手续办理，是依货物到岸入港先后为次序，可是，后到的细川氏手下，却因为花钱买通了管理市舶司的太监，竟然先办理入关手续。

这时，大内氏的手下火了，和细川氏的手下大声互骂，双方哗啦哗啦用日本话吵来吵去，没人听懂，也没人理睬。大内氏手下有通汉文的，前往市舶司抗议，市舶司的人翻一翻白眼，不当一回事地说："谁先入港还不一样？"

到了晚上宴会时，细川船的人又高坐首位。这时，大内氏船的人咽不下这一口气，端了一杯酒泼过去，洒在细川氏手下的脸上。于是，双方搬出武器，饭也不吃了，大打出手。细川氏手下开溜，大内氏手下追杀，竟然从宁波一路追到了绍兴。一路上，细川氏、大内氏的人马又烧又抢，这就是当时轰动一时的"争贡之役"。

按照道理来讲，这是宁波市舶司官员接受贿赂造成的，应该处罚。但是，明朝世宗认为，日本人讨厌，干脆断绝和日本的贸易，禁止通商，裁撤"市舶司"。

过去有"市舶司"的时候，虽然有黑幕，但到底是公家办理，多少还有些规矩。等到没有市舶司，倭寇就勾结中国失业流民，从事走私、抢劫的勾当，酿成大规模的倭寇祸患。

到了嘉靖二十五年（1546 年），明世宗见事态扩大，派遣右副都御史朱纨到浙江福建担任巡抚。朱纨发现，许多退休的官员在背后替倭寇撑腰。他拿出铁腕作风，训练士兵，严格纠察，并且毫不客气地把背后主使的豪门一一列出，上报朝廷。朱纨在调查报告中明白指出：

去外盗易，去中国盗难；去中国群盗易，去中国衣冠盗难。

（衣冠盗，指的是读书做官却暗中为盗的人。）

朱纨展现了"去中国衣冠盗"的魄力，一口气就处决了九十多个"通番"（勾结番人）的豪门。这一下子，豪门大哗，群起攻击朱纨。明世宗本来就是一个只担心自己身体的皇帝，事情没弄清楚就把朱纨关到牢里。朱纨一心为国，却落得这样的下场，心一酸，就在牢中自杀。

戚继光看在眼中，心中十分感慨，他既愤恨倭寇欺负中国，更气恼中国豪门自己不争气。他牢牢记着父亲的遗言，他要彻底消灭倭寇。所谓"知己知彼，百战百胜"，戚继光冷静地观察彼方——

凶恶的日本武士，日本浮世绘。

倭寇。他发现，倭寇最厉害的一招在“狠”，他们往往赤身裸体，拿起刀来，乱挥乱砍。双方还未接触，单单看倭寇那一股狠劲，明朝军队就吓傻了眼。自从朱纨（wán）死了，倭寇越来越嚣（xiāo）张，从上海、嘉定、杭州到无锡，一路上攻城掠地，杀人放火，可怕极了。

戚继光再观察己方——明朝这一方，不免让人摇头叹气。嘉靖三十五年（1556年），戚继光奉命调防浙江，他发现军队纪律松散败坏，毫无斗志。

他刚到任就发生一件荒唐事。有个士兵得意洋洋，手中拎着一个血淋淋的人头撞了进来，直嚷嚷：“这是我杀的倭寇，我要求奖赏！”

话还没说完，外头又冲进来一个士兵，对着血淋淋的人头哭喊：“阿弟，你死得好惨！”他哭哭啼啼痛诉：“我弟弟打仗，负了伤，这个老林不救也就罢了，竟然把阿弟的头割下来报功。”

这个喊冤的哥哥，长了一个特大号的鼻子，那一个被割下来的人头，也有一个特大号的鼻子，像莲雾一般，显然两人是兄弟没错。戚继光不满意地说：“难怪人们说，遇到倭寇犹可逃，遇到官军不得生还，军中纪律非整顿不可！”他下了重大决心。

# 成立戚家军

戚继光来到浙江以后，他深深体认到，如果想要对抗倭寇，非得训练一支强劲的部队不可。因此，他向总督胡宗宪提出建议。

胡宗宪只觉得好笑，他从鼻孔里哼一口气，道："我过去也不是没练过兵，假如文弱的浙江人可练，我早就练了，还要等你来吗？不过，既然你小子想吃苦头，我也不便阻拦你。"

胡宗宪说得没错。一般而言，江南人总是比较文雅秀气，似乎不适合当兵。但是，没多久，一场大规模的械斗，为戚继光带来了希望。

嘉靖三十七年（1558 年），义乌发生大规模的流血冲突。事情是这样的，处州有一批矿工因为兵荒，跑到义乌开矿。义乌人不满地说："这是我们祖宗留下来的宝贝，虽然我们现在不开采，也轮不到外乡人打劫。"

处州矿工却抗辩说："采矿是一件最辛苦不过的事，我们除了会挖矿，什么也不会，又没有田地可种，不让我们采矿，岂不是要我们白白饿死？"

于是，义乌乡民组成乡团保卫银矿，和扛着挖矿铲子的处州矿工打了起来。只见一个矿工把铲子用力挥向一名农民，这个农民身子一闪，抢过铲子，矿工跌倒在地上，农人拖着矿工的脚，使起平生力量，把矿工甩来甩去，众家农民一致拍手叫好，并且高声齐唱："处州矿工滚回去！"这个被丢来扔去的矿工，应声而倒，农民拿起锄头一阵乱打。矿工也火了，个个拼死杀来，横冲直撞，场面完全不可收拾。

地方官派出军队镇压，矿工农民这么剽悍，这么疯狂，官军傻了眼，退站一旁。冲突越演越烈，地方官一筹莫展，而且抱怨：“反了！反了！这些疯子。”

戚继光却另有想法，他长叹一口气说：“所谓一人拼命，万夫莫敌。这些矿工农民真要发起狠来，可不比倭寇弱呀！”

于是，戚继光一颗黯淡的心，仿佛重新点亮，他亲手写告示，张贴在义乌的大街小巷召募新兵。

招示贴了出来，地方父老大不以为然，“这些人是罪犯哪！戚继光真是昏了头哇！”

甚至有人当面指责戚继光：“难道你想当牢头？”

戚继光修养好，一点也不生气，他笑着说：“当个牢头也不坏，只要能把倭寇消灭，也算犯人的功劳哇！”

难堪的是，告示贴出来了许多天，没半个人前来报名。戚继光也不气馁，他把矿工头目王如龙和乡团首领陈大成找来吃饭，诚诚恳恳对他们说：“各位都是保乡卫土的勇士，我由衷钦佩。”

两个头目脸都红了，有点不好意思，但是转念一想，自己的确是为乡土奋战，于是又坐直了身体，很高兴戚继光这么夸奖。毕竟谁都喜欢听好话，何况戚继光又是这么真心诚意。

戚继光又接着说：“现在倭寇侵扰中国，这是我民族的奇耻大辱，我希望两方面尽释前嫌，一起保卫浙江，保卫明朝。”讲到这儿，戚继光声音哽咽。两名头目本来也是有情有义的男子汉，当场拍了胸脯，说：“没问题，我们愿意保乡卫土。”

在戚继光的巧妙安排下，一些原该入狱的农民矿工竟然携手入伍，成为戚家军的基本干部。由于原本是乌合之众，双方之前又有嫌隙，刚入伍时，双方看不顺眼，你踩我一脚，我打你一拳的事，

戚继光用来教练士卒的辛酉刀法。

时时发生。幸好人人信服戚继光，受训两个月下来，逐渐有了规矩，许多矿工和农民反而成了好朋友，真是不打不相识。

中国人传统重文轻武，所谓好男不当兵，好铁不打钉。因此，农夫矿工虽然入了伍，也感佩戚继光，但是仍然不改散漫本性，拖拖拉拉混日子。

戚继光也清楚，有些农民是嫌种田辛苦，有些矿工是无矿可采，并不是人人都有杀敌保国的理想，而是无路可走，迫不得已，勉强入了军营拿军饷。

戚继光也一针见血地提醒大家，“在公家做事，如果要混日子，马马虎虎也就混过去了，反正公家事就这么回事。但是要上战场，如果你武艺不高，倭寇就一定杀了你，你们说，该不该学武艺？”

众人高声喊：“该学！”戚继光不说教，只用浅显的道理，真挚的感情，让士兵心悦诚服，戚家军一天天茁壮。

# 喝姜汤吃光饼

嘉靖三十七年（1558 年），浙江省义乌县发生矿工和农民械斗，地方官员头痛不已。聪明的戚继光却看上了他们的彪悍，组织成为“戚家军”。

戚继光研究地形，发现江南一带江河湖港纵横交错，唯一能够行军的地方只有小小的田埂。因此，北方马队驰骋的作战方法不适用在浙江。戚继光发明了一套特殊的鸳鸯阵式。

鸳鸯阵式基本上以十一个人编为一队，最前面一个人是队长，队长背后分左右两行，每行五个人。第一人左手持牌，右手执短刀；第二人用狼筅（xiǎn），所谓狼筅是用毛竹做长杆，截去细弱枝梢，削成尖锋利刃，尖端上再加上刺刀。第三四人用加长的长枪，第五人用钯钗（pá chāi）。交战时，以筅救牌，长枪救短筅，短兵救长枪，两牌更要互救，如同鸳鸯一般牢不可分。

戚继光还规定，作战的时候，队长在前，士兵跟进，如果队长未退士兵先退，或是队长前进士兵不进，全队士兵一律斩首，这叫作“连坐法”。

戚继光自己做示范，教导大家正确认识鸳鸯阵法。当戚继光起劲地讲到一半，忽然间乌云密布，雨水倾盆而下，哗哗哗直冲下来，戚继光仿佛没发觉下雨似的，继续往下讲，所有的人都湿透了。虽然是江南地带，毕竟春节刚过没多久，又冷又湿，实在不是滋味，不时传出呵欠声，个个在打哆嗦。

有人小声说：“下雨了，戚将军下回再练兵吧？”戚继光听到了，平和地回答：“我也不忍心弟兄淋雨，但是倭寇来犯会不会特别挑一个太阳普照的日子呢？”说着，他就拿起了长牌短刀，朗声道：“现在我示范第一个人的动作。”

戚继光教练鸳鸯阵，选自《马骀画宝》。

士兵见戚继光不畏风雨，觉得这个长官傻傻的，但是认真得可怕，没有第二种选择，也就一个口令一个动作，练习鸳鸯阵式。

一个时辰，两个时辰，三个时辰过去了。天上的大雨下个不停，戚家军依然精神抖擞铆（mǎo）足全劲训练武艺。一直到了天黑，戚继光下令停止操练。

这时，厨房里端来大桶大桶的姜汤，这是戚继光原先预备的，他亲自舀了一碗又一碗给士兵喝，亲切温暖地一直叮咛：“小心，别受寒了。”士兵像孩子一般，乖乖点头，乖乖喝姜汤，大家都小声谈论：“这一位戚将军，凶起来可真凶，半点含糊不得，但是照顾起人来，简直像妈妈。”

当天晚饭不但加菜，慰问士兵的辛劳，大伙还发现多了一种新鲜食物，一种圆圆的饼，闻起来挺香，一口咬下去极有韧性，愈嚼愈香，即使单单吃饼也别有滋味，假如掰开来中间夹肉夹菜，更是好吃得不得了。

戚继光高声问大家：“这种饼好吃不好吃？”

“好吃！好吃！”众人一致叫好。

戚继光得意地说：“这是我发明的‘光饼’。各位看，光饼中间有一个洞，可以用绳子串起来带在身上。打仗时，万一没地方埋锅煮饭，大家也不会挨饿了。”这是军中口粮的由来。

话还没说完，一个年纪比较大的士兵竟然“哇”的一声哭了起来。他站起来说：“自从我妈妈死后，还没有人对我这么好。这个世界上对我最好的人除了我妈妈，就是戚将军，我活这么大，除了我妈妈，谁也不关心我是不是饿肚子。”

这话一说，大家都笑了，可是也有同感。另一名士兵站起来说：“我是处州矿工，因为活不下去只好当兵，我对官军一向没有好感，今天将军陪我们淋雨，练鸳鸯阵，煮姜汤给我们喝，又发明光饼慰劳我们。将军，你真是一个好人哪！当官的没这样的好人的。”

戚继光自己也被这场面弄得十分感动，他慷慨激昂道：“做将领的，本来就应当和士兵同甘共苦，现在一般当将领的，就知道使唤士兵抬轿子，当厮役，死了也不管，伤了也不晓得慰问，甚至削减士兵的月粮，收入自己荷包，士兵睡在大街上没吃没喝。这样的将领，士兵怎会好好打仗？”

戚继光这一番话，说得大家面面相觑，有人悄声道：“原来戚将军也知道一般将领的情形，他却不屑那么做，他真是个不一样的好人哪！”

不一样的戚继光，终于训练了一支不一样的“戚家军”。光饼的美味也一直流传到今天，代表着一位民族英雄的体贴与慈爱。

# 明代的南丁格尔戚夫人

戚继光治军严格，但是对待士兵却又仁慈宽厚。他发明光饼，中间穿一个洞，用绳子串起来，如此军中有了口量，士兵不致挨饿。

光饼试吃的结果皆大欢喜，人人赞美。戚继光好开心，三步并为两步，急着告诉戚夫人这一个好消息。事实上，光饼的构想来自戚继光，但是多少面粉和（huò）多少水，怎么烧烤出香喷喷，韧性十足，口感适中的光饼，却是戚夫人一次一次研究后做出来的，难怪一直流传到今天，即使不在军中，光饼依旧受人欢迎。

“大家都夸好吃，这全是夫人的功劳。”戚继光由衷地感谢夫人。

戚夫人自己也拿了一个饼，在口中咀嚼道：“我自己也觉得挺香的。将军对士兵这一分关爱，的确令人感动。”

戚继光说：“小时候，父亲教我读《孙子兵法》，其中有一句话说，你把士兵当婴儿，他可以和你共赴危难；你把士兵当爱子，他可以和你一块儿死。我现在深深体会到这一句话的涵义。”

“我陪你一块儿照料婴儿爱子吧！”戚夫人笑着说。

戚继光是中国历史上了不起的民族英雄，他的夫人也和韩世忠妻子梁红玉一般，是军中的灵魂人物。戚夫人虽然没有上疆场，却是军中的保姆护士，士兵都爱戴她。

通常行军时，携带军眷是最大忌讳，因为有了后顾之忧，军士就不敢奋勇杀敌。但是戚继光走到哪儿，戚夫人就跟到哪儿，她的出现反而鼓舞了戚继光更加勇敢。

戚夫人不是来享福的，戚继光个人的饮食照料衣物洗濯（zhuó），固然是戚夫人包办了，最重要的，是戚夫人负起了军中护理的责任。只要有伤患，戚夫人不但亲自慰问，更调制汤药，成为随军医护人员。

有时戚继光不忍心，他会对夫人说：“倭寇猖獗（jué），百姓纷纷走避，你还是回去比较安全，我是身在沙场，准备死在沙场。”

戚夫人看了戚继光一眼，道：“你可以为国死，我就不能为你死吗？从古到今，就没有听说过不死的人，倭寇欺负中国，我也要尽一分力量。”

戚继光拗不过夫人，只好由她去了。他夫妻两人慷慨为国，豪气干云，也带动了整个戚家军士气如虹。不论浙东台州战役或福州战役，都打得精彩漂亮。

戚继光，今人范曾绘。

在台州城下，倭寇情急，竟然把抢来的金银财宝沿路撒，希望引诱戚家军捡拾，然后再来一个回马枪。不料，原先为争银矿大打出手的矿工农民，经过戚继光的人格训练，竟然纪律井然，个个路不拾遗，任何人不在战斗中抢掠财物，总是在战斗后，由戚继光决定，平分战利品。因此，戚家军越战越强。

戚夫人知书达礼，所以戚继光许多军国大事都和夫人商量。例如每次击破倭寇，总会找到许多被倭寇掳掠来的妇女，这些妇女该如何安置是一大问题。

“不妨先把最漂亮的收来做妾。”戚夫人半开玩笑地说。事实上，这也是绝大多数将领的处理方式。

“戚家弟子不做趁人之危的事。”戚继光眼睛直视正前方，“我想把她们一一送回家中。”

“送回去当然好，只怕回去以后不能得到乡里亲人谅解。认为她们是被倭寇强占过的败德妇女。”戚夫人紧皱眉头道。

“即使曾经被倭寇强占，也不是她们的错。”戚继光大声抗议。

“对！但乡里认为她们该自杀殉节。”戚夫人接着说，“我小时候，长辈就一再提起，五代时某女子护送丈夫的棺木回家，半途投宿旅舍，老板嫌晦气扯着她的手臂要她快走，这女子拿起刀来，便把自己的手臂给砍断了。理由是被男子玷污了，大家都夸她贞节。再说，明太祖的妻子马皇后，乳房生疮，坚持不能让御医诊治，怕不好意思，最后因此而死，还传为美谈。贞节二字的背后真是残忍。”

戚继光一拍大腿，道：“我半夜送她们回去，就不怕乡里闲话。”

“官军出现，乡里怎会不知？”戚夫人又提出疑问。

“那么，就雇轿夫用轿子把她们抬入门，并且嘱咐她们，千万别提曾被倭寇捉住。”

于是，就这样戚继光夫妇暗中救了无数妇女，保住了她们的名节。戚继光横扫倭寇，是了不起的民族英雄，他对士兵的仁爱、对妇女的慈悲，在在表现戚家的教养。他始终是他父亲戚景通的好儿子。

# 戚继光写兵书

戚继光为了打败倭寇，保国卫民，着实花了不少心血，胜利的背后，更有许多辛酸的故事。

倭寇入侵中国之初，所到之处，几乎大获全胜。戚继光曾经躲在草丛里，暗中观察倭寇出兵的招式。他发现，每一个士兵都双手握刀，刀长不过五尺，雪白锋利。首领手上拿着一把折扇，当折扇向空中一挥，所有士兵刀锋一律向上，人们被这整齐划一的动作吸引的时候，刀锋一转，许多中国士兵的脑袋就活生生落地，手法利落、划一、干净、恐怖！

一场战争，就在首领折扇的巧妙指挥下，一片刀光闪耀，仿佛变魔术一般。

日本的民族性生来就服从团体纪律，我们看到日本旅行团的导游，也是靠一根小旗子，让团员们乖乖跟着导游行动。

戚继光缓缓从草丛中爬出，望着明朝士兵阵亡的尸体。戚继光心想，中国人一向比较散漫，天高皇帝远，自由自在惯了，要跟倭寇拼斗，还真是不容易啊！

没多久，戚继光又见识了另一场倭寇作战。首领用折扇指挥，这是小股兵队的作战法，当倭寇遇到大批部队时，他们更有一套恐怖的战法。

倭寇白天不作战，就固守营地。中国军队习惯白天打仗，白等一天十分无聊，到了黄昏，天色暗下来，也是中国大兵习惯该

抗倭图卷（局部），明人绘。图中倭寇为明军所获，绑于船头，情状颇为狼狈。

回去休息用餐的时间了，大家的心情都懒散下来。

突然，倭寇大叫一声冲了出来，盔甲上全是金银牛角，又绑了五颜六色的垂带。朦胧暮色中，中国士兵冷不防见到，吓得大叫："妈啊！"又看到倭寇狰狞凶狠的脸孔，直觉见了鬼。因此，这些"鬼"在短短的时间内，就砍杀了许多中国兵。

倭寇一手执刀，一手拿明镜，光光闪闪，照来射去，更增添了鬼魅的效果，明朝士兵几时见识过这种怪物，个个背脊发凉，手脚瘫软，完全无法抵抗。

戚继光看在眼里，他认为明朝军队是败在"恐惧"两个字。恐惧让明兵怯敌，他也要利用人性中的"恐惧"，逼使明兵杀敌。戚继光不得不采用连坐法——一个人退却，一个人斩首。全队退却，队长斩首。队长殉职而全队退却，就全队斩首。

戚继光严格执行这一项命令，每一次执行的时候，他的心都一阵一阵地抽痛。但是，如果不这么做，要怎么打败倭寇？岂不是有更多百姓遭殃？戚继光只要脑中浮起倭寇烧杀掳掠百姓的惨状，他就对自己说：“非消灭敌人不可。”

戚继光自小便跟着父亲学兵法，看地图。他不但会看地图，自己还会画地图，他用黑色代表倭寇的地理位置，用红色代表明军的所在地，另外，他用七百四十个珠子计时，根据标准步伐计时每走一步，挪动一个珠子，让他精准地计算时间。

戚继光善用地图，辅助念珠计时，再加上训练有素，比倭寇更吃苦耐劳的士兵，而获得一场一场胜仗。他擅长速战速决，大家痛快。有时候，出击时，伙食兵正开始做饭，等到全队收兵，饭才刚刚蒸熟。

当然，也有没法子回来吃饭的时候，这时的戚家军比倭寇更沉得住气。有一回，戚继光料准了倭寇一定进攻浙江处州。他派了一支军队埋伏，为了避免倭寇事先察觉，每人头顶手执一束松枝，做松树状，就这么挨了一天一夜。果然倭寇来了，首领先登上山峰视察。倭寇一向认真小心，这时只要任何一个士兵喘喘气，倭寇首领就发现了。但是，首领在山上，欣赏了半天苍松，又深

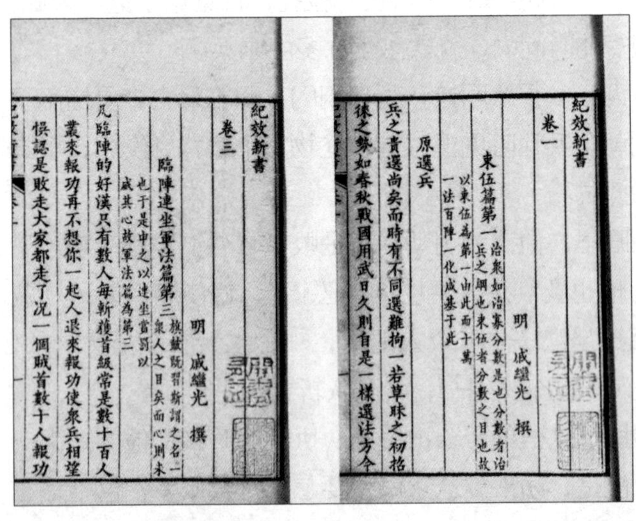
紀效新書
卷一
明 戚繼光 撰
束伍篇第一 治衆如治寡分數是也分數者治兵之綱也束伍者分數之目也故以束伍為第一由此而千萬一法百陣一化成基于此
原選兵
兵之貴選尚矣而時有不同選難拘一若草昧之初格鬬之勢如春秋戰國用武日久則自是一樣選法方今

紀效新書
卷三
明 戚繼光 撰
臨陣連坐軍法篇第三 旗幟既習斯謂之名一衆人之目矣而心則未也于是申之以連坐賞罰以威其心故軍法篇為第三
凡臨陣的好漢只有數人每新獲首級常是數十百人叢來報功再不想你一起人退來報功使衆兵相望悮認是敗走大家都走了況一個賊首數十人報功

戚继光所撰《纪效新书》，清刊本。

深呼吸，不疑有诈，于是下令过夜。等到倭寇军队过了一半，炮声“轰隆”一响，士兵丢掉手上的松枝，大声杀出，震撼山谷。戚家军大获全胜。

戚继光自小跟着父亲唱军歌，他从嘹亮的军歌中，得到不少雄壮威武的力量。因此，他自己也喜欢唱军歌，甚且自己作了一首军歌教大家唱：

万众一心兮，泰山可撼；
唯忠与义兮，气冲牛斗！
主将亲我兮，胜如父母；
干犯军法兮，身不自由。
号令明兮，赏罚侯，
赴水火兮，敢迟留，
上报天子兮，下救黔首（百姓），
杀尽倭奴兮，觅封侯。

此外，他还写了一本《纪效新书》，这是戚继光带兵以来的经验总论。“纪”是纪载，“效”是实际效果，表示绝不是空泛的理论，是他从父亲那儿确实学到了孙子兵法。《纪效新书》，是一代儒将亲身的具体成果，他把这一切献给了父亲，表示他的确“继”续“光”大祖业。

# 天才儿童张居正

戚继光平定倭寇，功业彪炳，是了不起的民族英雄。戚继光成功的背后，固然是他本身的卓越才能，更是张居正的大力支持。张居正是明朝的改革家，也是真正的政治家。

张居正的先祖可以远溯到元朝末年的张关保。张关保原来是明太祖朱元璋麾（huī）下的小兵，也算得上是芝麻绿豆点大的开国功臣。张关保的曾孙名叫张诚，是一个有趣的性情中人，家境不富裕，却是穷大方，最爱帮助人，热心又热情。他讲起话来结结巴巴，又最爱到处找人说话，让人听了替他着急。

张诚时时挂在嘴边的一句话是："就是把我的身体给人家当席子，让人家在上面睡觉、拉屎都没关系。"张诚的乐观开朗，使他在乡里间得到最好的人缘。

张诚有三个儿子，其中张镇最为放荡，张诚却又最疼张镇，也许做父母的，往往对不成材的子女，情不自禁有一份怜爱。当然怜爱归怜爱，张镇一事无成，总让张诚心中遗憾。

当张镇生下张文明时，张诚对自己说："我这一辈子帮无数人的忙，老天一定会赐给我好儿孙，也许就是这个孩子吧！"张文明不负众望，果然聪慧灵敏，可惜长大之后，个性懒散，读书不认真，做事不仔细，并没有多大作为，让祖父张诚再一次失望。

皇天不负苦心人，到了嘉靖四年（1525 年）五月初三，张诚终于盼到了一个杰出的曾孙——张居正。张居正生下来的那一天，张诚、张镇、张文明都在，张文明当时是二十三岁，全家兴奋异常。

张居正出生的前一天晚上，祖父张镇梦到满地全是洪水，水愈来愈汹涌，排山倒海流入屋内。张镇吓得大声叫："哪儿来这么多水？"张镇大声嚷嚷后，自己坐了起来。

就在同一时刻，张诚也作了一个怪梦。他梦到江水上涨，一只好大好胖的白龟载沉载浮游入了张家。中国人一向认为乌龟代表福气，白龟更是吉中之吉，张诚大呼："快看、快看，月光照在白龟之上，是多么的神奇啊！"

张诚、张镇同时作怪梦的第二天，怀胎十二个月，迟迟没有临盆的张文明妻子赵氏，突然肚子痛了。没多久，一个漂亮小男孩呱呱坠地。小婴儿头大大的，眼睛圆圆的，肤色白里透红，可爱极了！刚刚生下来，就一脸聪明样儿。

张诚把小娃娃抱在怀里，无限疼爱地对他说："原来，你就是观音菩萨送来的小白龟啊！"

小娃娃竟然点一点脑袋，众人"哗"的一下笑开了。张诚说："我就将你取名为白圭（guī）。"他转身对赵氏解释："圭就是玉的意思。"一直到了嘉靖十五年（1536年），荆州知府李士翱（áo）才将张白圭改名为张居正。

张居正生下来就是方头大耳，相貌堂堂。他似乎听得懂大人的话，一双亮眼睛溜来转去，好玩极了。张居正长到六七个月时，保姆带他出去玩，一路上，都有乡人前来打量这个"小流口水"，胖胖小脸，嘴角挂着一串口水，虽然不会开口，但脸上表情丰富，真是人见人爱。

张居正两岁时，叔父张龙湫（jiǎo）正在读书，看到张居正屁股上裹着尿布，像个不倒翁一般颠颠倒倒走过来。叔父一把将张居正抱到膝盖上，笑嘻嘻对他说："人人都夸你聪明，你要是认识'王曰'这两个字才聪明。"说着，叔叔用手指了"王曰"二字。

张居正，明人绘。

过了一段时间，有一天，保姆抱着张居正走来走去，叔叔正在念《孟子》，又念到另一段中有“王曰”二字，张居正就着急的挣脱保姆，用胖胖小手指着书上“王曰”二字。

“你竟然认得？”叔叔这一惊非同小可。

张居正用力地点点头，笑得好开心。

叔叔大乐，把张居正抱过来，举得好高，又像荡秋千般，一下子快要降落到地上。张居正显然很喜欢这个游戏，笑得好乐。他是整个张家的开心果，每一个人都喜欢他，称赞他，使他从小建立了自信心。

五岁时，张居正开始读书，六岁时读五经，领悟力高，小小年纪，就有神童美誉，在荆州府一带小有名气。

嘉靖十三年（1534 年），不满十二岁的张居正参加了荆州府的童子试。荆州知府李士翱，前一天晚上作了一个梦，梦到一个可爱纯洁的小男孩对着他笑。第二天，李士翱见到张居正眉清目秀，气质不凡。他心想，他得好好栽培这个小天才。

# 毛妃的刺激

张居正自幼聪明好学，很得家人的疼惜。十二岁时，他到荆州投考秀才，荆州知府李士翱前一晚作了个梦，梦到观音菩萨送给他一方玉印，请他转交给一位童生。第二天，他一眼见到张居正，便充满了亲切感。他知道，这就是冥冥之中该出现的小孩。

李士翱当晚翻阅试卷，更惊异张居正的文采不凡。这时候的张居正还是叫张白圭，李士翱后来在召见入围秀才的孩子时，特别将他改名为张居正，并且拉着张居正的手，仔细看着，定定地对他说：“孩子，好好珍惜你的才华，我有一个奇怪的预感，有一天你会成为皇帝的老师，千万自爱自重。”

张居正觉得心中热烘烘的，仿佛有一股温热的暖流。李士翱的爱才，让张居正更坚定决心，非好好努力不可。后来，张居正果然当了皇帝的老师，也许是李士翱的预言准确，也许张居正用这一番话鞭策自己，不愿辜负李士翱殷切的期望。

李士翱发现了这个人才之后，心中无限欢喜，见人就说，逢人便夸，并且对湖广学政田顼（xū）大力推荐。

“这孩子真有像你说的这么好？”田顼颇为怀疑。

“他不但文采好，人也长得体面，秀秀气气，大大方方，却一点儿也不骄傲，态度自然谦和，反正他是那种一走进屋子里，整个房间会大放光明的人。”李士翱只要提到张居正，就神采飞扬，掩不住兴奋。

田顼说："我得当面考一考他。"

过了两天，田顼把张居正找了来，出了一个"南郡奇童赋"的题目，张居正不慌不忙，气定神闲，提起笔来，不假思索就开始写，洋洋洒洒写了一大篇，双手捧上交给田顼。

李士翱凑在一旁，跟着田顼一口气看完文章，李士翱叹了一口气："我看，贾谊也没有他厉害。"

贾谊是汉文帝时代的人，从小有天才儿童的美誉，十八岁时写的文章，已经是远近驰名了。

田顼坐下来，把张居正的文章从头到尾，再读了一遍，他叹了一口气道："我也认为张居正比贾谊更出色。"说着，田顼回过头来，对张居正说："小朋友，你比孔北海还高明呵！"

"孔北海"指的是孔融，"孔融让梨"的故事是大家所熟悉的，孔融也是历史上著名的天才儿童。

张居正同时被李士翱和田顼欣赏，并且吹捧，名气日渐响亮。一方面张居正因为有才气，得到爱护；另外一方面，也因为有才气，遭到不必要的困扰。

辽王致格是一个多病的人，辽王府中大大小小全由妻子毛妃掌理。毛妃漂亮、精明、能干、样样领先。她唯一的遗憾是儿子宪㸅（jié）不懂事。宪㸅十二岁，恰好与张居正同年，比张居正大几个月，非常调皮任性，毛妃头痛极了。每次听到张居正的聪明伶俐，她就十分羡慕，不以为然地自言自语："我这么优秀的母亲，应当教出比张居正更聪明的儿子。"

嘉靖十六年（1537年），辽王过世，宪㸅暂时还不能袭封，但却是未来的辽王。这时，张居正已经是荆州小秀才，宪㸅却连《三字经》都背不熟。毛妃心中着急，一天到晚以张居正为例，提醒宪㸅奋发上进。这是天下父母最常用的办法，却也是最让小孩反感的教育方式。

宪炜嘟着嘴巴道："一天到晚张居正，我又不是他，他到底有多好？"

"你不相信是不是？我把他请到家里来玩。"

毛妃说到做到，立刻邀请张居正到辽王府作客。张居正举止大方，斯文有礼，毛妃一见便喜欢，回头看看宪炜更是不满意。宪炜发现母亲的一喜一怨，心中不是滋味。

两个十二岁的少年倒是挺投缘的，一块儿骑马，一块儿下象棋。两人棋下了一半，宪炜突然站了起来，撒赖说："我的车（jū）不见了，不玩了。"

毛妃走过去，用力把宪炜的小拳头张开，果然宪炜把一颗棋子握在手中，毛妃气坏了，"真是没出息的东西！输了还赖，快洗洗手吃饭了。"

大伙刚上饭桌，毛妃忍不住又嘀咕："你呀！这样不长进，以后让张居正牵着鼻子走。"

宪炜受了责备，想哭不敢哭，没胃口吃饭，放下筷子，用不满意的眼光瞅着张居正，仿佛在埋怨："你看，都是你害的。"

毛妃在张居正走后，继续不断用张居正刺激宪炜。毛妃以为是鼓励，却徒然让宪炜反感透顶。

# 少年张居正

张居正自幼以天才儿童、好学不倦闻名乡里。辽王王妃毛氏为了激励儿子宪炜，总是以张居正为榜样，刺激宪炜："你这样不晓得上进，将来一定会被张居正牵着鼻子走。"

十二岁的张居正不喜欢王妃这样的说法。

十二岁的宪炜更是一肚子的火。

这两个年纪相同的少年以后仍然玩在一起，可是，张居正偶尔抬起头来，接触到宪炜那怨恨、嫉妒、酸溜溜，似乎会冒出火花的眼神，张居正的背脊就会一阵一阵发冷。

当张居正还是个流口水的小婴儿时，大人的夸奖，虽然他不懂，但是从大人愉快的表情，他知道大人喜爱他，张居正自然也乐得呵呵笑。

可是，等到他长到五六岁了，发现大人老要用他激励其他小朋友，惹得小朋友不开心，这就让张居正十分尴尬。他一点儿也不喜欢把人比下去，他只是凡事认真，不论做游戏、下象棋，或者读书，张居正总是非常专注用心，他认为不认真就不好玩。天才儿童的背后，张居正其实是极为用功的，他不明白，为什么旁人没发现这一点，老觉得他读书不必花功夫。

非但其他人不谅解，其他小朋友嫉妒，张居正敏感地发现，就连他的父亲张文明都有些吃味儿。

张文明人很聪明，这是乡里人人公认的，他也有文才，拿起笔来，不假思索就是一篇好文章；张文明更是机智，往往口吐妙言，让人们拍案叫绝，他也知道自己脑袋灵光。

但是张文明太聪明了，不喜欢下苦功念书，每一篇文章总是背一半。所以一连参加了六次乡试，没有一次录取。

这一回，张居正小小年纪，十二岁就中了秀才，使得张文明这个当爸爸的，心里头又是高兴又是难过，五味杂陈，说不出是什么滋味，他只好自嘲："也罢，我没这个命吧！"

为了不让儿子给比下去，张文明又拿起了书本，准备参加第七次乡试。他和张居正分坐书桌一方，张居正读书专心，张文明却心不在焉，一面剥着花生米，一面哼着小调，看不到两页，便站起来走一走，一会儿有朋友邀他去喝酒，张文明就把书一丢，欢天喜地喝酒去了。

张文明总是喝到第二天才回家，倒头便睡。过了中午，揉揉眼睛才起床，吃完中饭午睡后，才又回到书桌前，摸一摸张居正的脑袋，自怨自叹："我从小读书，自己看看，也没什么不如人，就是没这个命，我不像你这样好命，一考就中。"

张居正真是啼笑皆非，他很想对父亲张文明说："这不是命，是我下了功夫。"当然，这句话张居正不敢开口，张居正也从父亲身上学到，不管你天资再高，不努力是不成的，一分耕耘一分收获。

总之，张居正逐渐了解到，凡事一体两面，就像阴阳，他的优秀，会给旁人带来压力，也为自己带来困扰，这也是无可奈何的。

张居正十三岁时，到武昌应试。这一试如果成功，他就是举人了。张居正果然又出类拔萃（cuì），湖广按察佥（qiān）事陈东欣赏不已。但是顾璘（lín）反对，他对监试的冯御史说："张居正才十三岁，太小了，一定得挫他一挫，冷他一冷，免得他自满，也免得他招嫉。"

顾璘是当时的名士，也是才子，他和陈沂（yí）、王韦三人，人称“金陵三俊”，他自己也是个天才，也因此招嫉，他非常了解人性。另外，他深深担心，张居正成名得意太早，人又英俊潇洒，当心别成为第二个唐伯虎，聪明反被聪明误。

顾璘把张居正找了来，恭恭敬敬称他为“国士”、“我的小友”，弄得张居正怪不好意思的。顾璘并且对朋友说：“这个孩子，我敢保证，将来是一个将相之才。”

顾璘甚至当着朋友的面，把自己的小儿子顾峻叫来，对他说：“这是荆州张秀才，以后他发达了，你可以去找他，他一定想到今日，会对你很好。”

顾峻很天真，不断点头，和宪炜完全不一样，张居正好感动。

又过了三年，张居正十六岁，参加乡试，成为举人。这时顾璘正在安陆监工，张居正去看他，顾璘第一句话就是：“你应该再晚三年。”说着顾璘把自己身上的犀（xī）带解下来送给他，诚恳地说：“对不起，我耽误你三年，古人说大器晚成，这是指中才，你该是像伊尹、颜渊一般的人才。”

张居正听了只有一个想法，他感谢顾璘，为顾璘去死他都愿意。

# 张镇赴宴

张居正十三岁赴武昌乡试，结果顾璘认为他年纪太轻，坚持让他尝一尝挫折，使他更能奋发。所以，张居正晚了三年中举，张居正了解顾璘爱才的心意，对顾璘十二万分的感激。

顾璘更是打心底喜欢这个小朋友。张居正虽然只有十六岁，相貌堂堂，气度非凡，顾璘不单是爱他且敬他。

顾璘是当代才子，这样不拘身份，倾心交结，张居正真是受宠若惊。

“告诉我，你的人生志愿是什么？”顾璘关心地问。

“学生的曾祖父最爱救人急难，慷慨好施，他曾经说过，就是把自己当成席子，让别人睡在上面，拉屎在上面也不在意。我和曾祖父有同样的想法。甚至有人要割我的耳朵、我的鼻子，我也欢欢喜喜的答应。”张居正谦恭地一作揖道：“大人是学生的再生父母，你要我死，我都心甘情愿。”

顾璘笑了起来，走过来摸一摸张居正的耳朵，说：“你的耳朵长得又大又好，而且耳朵的颜色比脸孔白。按照相书上的说法，一个人如果耳朵比脸孔白，注定会成名。这么好的耳朵，别轻易割掉了，如果要割，也该是为全体人民而割，我不希望看到你太早牺牲。”

张居正摸一摸自己的耳朵，似乎有所领悟。

“不过，我希望你的耳朵做一件事。”顾璘正色说。

“学生的耳朵一定听命。”

“记着，你的耳朵不要介意旁人的诽谤。谤随名至，一个人要勇敢追求人生目标，就要不怕诽谤。”

“学生谨记在心。”张居正一辈子没有忘记顾璘的教诲。

任何一个人要承受诽谤都不是一件容易的事。没多久，上天给了张居正一次考验。

张居正考中举人，乡里一片欢腾，毛妃也听说了喜讯，忍不住又唠唠叨叨念个没完，对儿子宪㸅说：“你看看，你十六岁，张居正也十六岁，你还比人家大几个月，一点儿也不上进，没出息。”

人比人，气死人。宪㸅用手蒙住了耳朵，气呼呼地说：“我要出去。”

“咦，又想出去玩？”毛妃气炸了，斩钉截铁道：“从今天起，你就不许出辽王府，乖乖在家给我念书。”说着，毛妃又换了一种口气，和缓地说：“你父亲过世得早，我不得不负责教育你，我都是为你好，也许，也许有一天，你比张居正更强。”

毛妃眼中迸出光芒，她下定了决心，非逼宪㸅（jié）读书不可。

每一个人的才华不同，宪㸅不适合读书，当他一肚子委屈时，更是一点儿也无法接近书本。他认定：“这一切全是张居正害的。一会儿中了秀才，一会儿中举人，什么了不起，呸！”

毛妃意志坚定，她干脆就搬了一张椅子，坐在宪㸅身旁，盯着他读书。

宪㸅受到了侮辱，突然间，起了一个报复的念头。他对毛妃说：“张家有喜事，我和张居正又是好朋友，现在居正不在家，不如我们把张爷爷请到辽王府来贺一贺。”

毛妃心想，这一个主意倒不坏，至少张镇张爷爷可以告诉宪㸅，他的乖孙子是怎么用功读书。再说张居正这个孩子前途无量，也该和张家拉拢拉拢。

当天晚上，张镇欣然赴宴，毛妃是女眷，又是寡妇，依明朝规定，不方便和张镇同桌共食，于是宪炜做主人，端出了山珍海味。

“张爷爷，你今天得好好喝几杯。”

“当然。”张镇一口气先喝了三大杯，又一连喝了几回三大杯，最后两颊胀得通红，直摇手：“不行，我不能再喝。”

“张爷爷，这儿是辽王府，你非喝不可。”宪炜拿着酒杯就往张镇口中灌。张镇一个不小心，踉跄跌倒在地。

宪炜不放过他，拿着酒壶照样往张镇口中猛倒，张镇捂着心脏“哇”的叫了一声。宪炜哼一声：“想装死！”继续灌酒。

突然，张镇头一歪；宪炜觉得不妙，一颗心悬了起来，伸出一只手在张镇口鼻之间一探，糟了，没气了！张爷爷死了！

张家接到消息，大吃一惊，好好的人请去喝酒，怎么成了死尸？

张居正奔丧回家，听说爷爷浑身是酒，衣服被酒湿透了。他想起毛妃一再对宪炜说：“你以后会被张居正牵着鼻子走。”他心中好难过，他体会到嫉妒的可怕、人生的艰难，而这些困厄（è）也是成长中的营养。

# 张居正初入朝廷

嘉靖十九年（1540年），张居正十六岁，考中举人，全家欢腾。辽王府的毛妃总是以张居正激励儿子宪㸅，宪㸅非常反感，邀请张居正的祖父张镇到辽王府喝酒，拼命灌酒灌到张镇醉倒。张镇受不了，心脏麻痹（bì）而一命呜呼。

张家的人心中当然不开心，但是毛妃是好意相邀，事出意外，也怪不得谁。毛妃还是不死心，继续找张居正到辽王府陪宪㸅，张居正深以为苦，总是能躲就躲。

张镇的死，给了张居正很大的打击，他总觉得爷爷是因他而死的。虽说"不招人嫉是庸才"，但是招人嫉是多么可怕的事，类似宪㸅这样的小人，又是多么让人难以应付哇！

嘉靖二十三年（1544年），张居正赴京会试，一向在考场顺利的他，竟然落榜了。失败之后，张居正自我检讨："应该败的，这几年我放弃了本业，专心于古典，果然栽了跟头。"

所谓本业，指的是科举时代考试的范围，一律以四书为题材，以八股为格式，内容也必须用古人的语气说话，既呆板又无趣。

古典呢？凡是四书外，一切经史子集全是。才高八斗的张居正很自然地醉心古典书籍，排斥本业。

张居正平静下来，自己虚心检讨。他想，如果想驰骋在古典当中，以后有的是时间，现在既然要参加考试，就得乖乖地攻读应考的科目，不容许挥洒性格，每一个考生都是这样。

想通了这一层道理，张居正很快地恢复平静，全面进入备战状态，日夜勤读，并且丝毫不以为苦。三年以后，张居正再度北上参加会试。会试及格后，又参加殿试，中了二甲进士，授翰林院庶吉士。这一年，张居正只有二十三岁，不愧是青年才俊。

和他同年的还有王世贞、杨继盛等人，都是一时俊彦。（“同年”，指的是参加科举同年上榜的人。）张居正好兴奋，他等着为国家轰轰烈烈做一番大事业。

嘉靖二十六年（1547 年），张居正被授为庶吉士，开始了他的政治生涯。所谓庶吉士是翰林院中最低的职务，等于是见习官员，但是加以训练之后，可能外放担任基层官员，也可能留在京中做官，更可能是储备的宰相人选。因此，人们对庶吉士不敢轻视，张居正自己更是乐观期待。

很不幸，兴匆匆的张居正马上被浇冷水。他发现，正值四十一岁英年的明世宗，竟然像一个暮气沉沉的老头子，除了担心身体健康外，便是一心一意修禅练道，皇帝对当道士的兴趣，似乎远超过治理国家大事。

这时的内阁大学士只有夏言和严嵩两人；夏言正直，严嵩奸诈。夏言不屑于穿戴道士的香叶冠，严嵩不但换了道士衣冠，并且用黑纱罩在冠上，表示慎重。夏言把小太监当奴才看待，严嵩却将满把金钱偷偷塞入小太监手中，最后夏言被严嵩害死。

明朝的衰弱，引来了嘉靖二十九年（1550 年）俺答入侵，大同总兵仇鸾的官位是向严嵩买来的，只好重施故计，用重金收买俺答，请俺答不要进攻自己的防区。明世宗奖励仇鸾“英勇”，封他为平虏大将军。

俺答直逼北京城，严嵩对兵部尚书丁汝夔（kuí）说：“边疆打败了，还可以瞒住皇上，到了京城就瞒不住了，反正俺答掳掠饱了就会离开了，用不着开战。”因此，百姓遭殃，世宗愤怒，严嵩害怕丁汝夔吐露真相，拍着胸脯道："有我在，一切放心。"结果丁汝夔也被严嵩害死了。

处在这样恶劣的环境中，张居正心情郁闷到了极点，他知道不能得罪严嵩，却又时时想跳出来说话。嘉靖二十八年（1549年）时，张居正升任翰林院编修时，曾经上书论政，指出明朝有宗室骄纵、庶官失职、吏治因循、边备疏忽、财用大亏等五种臃（yōng）肿痿（wěi）痹的毛病，但是不受重视。

不久，他的同年杨继盛按捺不住，以牺牲的心情，正正式式弹劾严嵩十大罪状。张居正心中暗暗叫好，这些话也都是他心中想讲的话。结果，杨继盛被打了一百板，关入大牢。

从杨继盛入大牢那一天开始，张居正也生病了。他头昏想吐，查不出原因。是现实的黑暗让张居正气闷，殊不知，这也是上天对他的磨练哪。

# 张居正归田

明世宗时，严嵩当道。满怀热情的张居正实在看不过去，却一点儿办法也没有，心中有无限的愁苦。

张居正唯一的安慰来自徐阶。徐阶曾为翰林学士，担任庶吉士的老师，他对张居正十分欣赏，张居正也对徐老师相当钦佩。

徐阶曾对张居正说："好好努力，张君他日定为国家重臣。"徐阶虽然也入内阁，却处处受到严嵩的掣（chè）肘，不能发挥功用。后来严嵩是被徐阶扳倒的，在当时徐阶表面上与严嵩十分要好。

徐阶就如同一块橡皮，摸起来是软的，压下去会屈服；实际上他是硬的，充满了韧性，大丈夫能屈能伸。只是在"屈"的时候，别人以为他是缩头乌龟。

杨继盛也是徐阶极为疼爱的学生，他看不惯徐阶的温吞作风，在上疏中批评徐阶："每件事都违背本意，不敢主持正义，不能不说是负国之臣。"

徐阶对杨继盛的批评，只是笑一笑，不为自己解释。张居正的内心，对徐阶也不无失望。

就在这时，张居正的妻子顾氏突然去世了。顾氏年轻漂亮、温柔多情，而且知书达礼，张居正好爱好爱顾氏，他们共同度过一段甜美的岁月。老天爷怎么可以剥夺一切？张居正还三十岁不到，妻子走了，事业未成，朝廷一片腐败，杨继盛仍在牢中挣扎，他差一点儿也做了杨继盛。

张居正左思右想，觉得人生没有意思。辛辛苦苦读书，好不容易中了科举，却碰上一个昏庸皇帝，天天只在想怎么炼金当神仙，他为什么这样倒霉，生不逢辰。

如果张居正有勇气，他可能自杀了。但是他不能对不起家乡父老，所以他不能死。不过，这个严嵩当权的腐败朝廷，他是一天也待不下去了，再待下去，张居正非发疯不可。

张居正觉得自己全身不舒服，一定病得不轻，其实他只是心中郁闷。告假回家临走之前，他写了封长信留给老师徐阶，感谢老师两年来的栽培。不过，信中免不了牢骚，而且不满意徐阶对于国事“不敢说一句话，就是为了官位”。并且讽刺性的暗示：“如果不是眷恋，既然无法施展抱负，就该一走了之。”

这时的张居正三十岁，他一刻也不能再忍耐了。

这时的徐阶五十二岁，徐阶忍耐再忍耐，一切非得慢慢来。

从嘉靖三十三年（1554 年）的春天开始，张居正告假回乡养病，这一养就是整整六年。在这六年之中，他隐居、养病、读书、学农、旅游。他回老家之后，一个人居住在小湖山中，种了半亩竹子，养了一只白鹤，终月闭门不说话，只是阅读大量书籍，包括佛经，深刻体会到人生无常，一切是虚空的。

有一件令张居正困扰的事，就是毛妃的不肖子宪炜三番两次相邀。宪炜迷上了写诗，诗要写得好，第一得大量读书，宪炜不耐烦读书却爱表现，自以为得意，还要与张居正比个高下。为了这事，张居正苦不堪言，只有出外旅游。

江陵就是荆州，三国时代留下不少古迹、庙宇。许多乡人看到张居正前来，往往拿出文房四宝请他留墨，他也十分慷慨地写了一张又一张。

张居正还远到武昌，遍访江汉名胜，对于民间疾苦，感触良多。有一回，看到一个好可爱的卖菱角的小男孩，当小男孩怯生生伸出小手，向差役要买菱角的“两文钱”时，差役不但把篓子里的菱角扔入江中，还顺手掴（guāi）了小男孩一巴掌，打得小男孩嘴角渗血。

张居正等到差役走远了，拿出一方手巾帮小男孩拭血水，小男孩一直嘀咕：“怎么办？家里缴不出欠租。”

张居正一路看多了，地方官课征的杂税，逼得人民透不过气来。他想起他最喜欢的《金刚经》中有一句话：“凡所有相，皆是虚妄。”意思是说，世界上一切的外表形相都是虚妄、不是实有的，一切都只不过是因缘聚合显现出来的，所以人不要执着。

这一阵子，张居正靠着佛经平静了下来，但是小男孩血迹斑斑的脸，对张居正而言，却是真实的。他可以躲入庙中说一切是虚妄的，可是一拳打下去绝对是痛苦的。忽然之间，他想回到朝廷，只有从朝廷改革下手，他才有机会救小男孩等一般大众。

# 张居正重回政坛

原本在佛经中，找回平静的张居正，内心开始翻涌。他想起在春秋时代，孔子到处求官做，一路碰钉子。有一天，孔子遇到隐士长沮（jǔ）、桀（jié）溺正在耕田，桀溺就讽刺孔子是个官迷，一心想求名利。

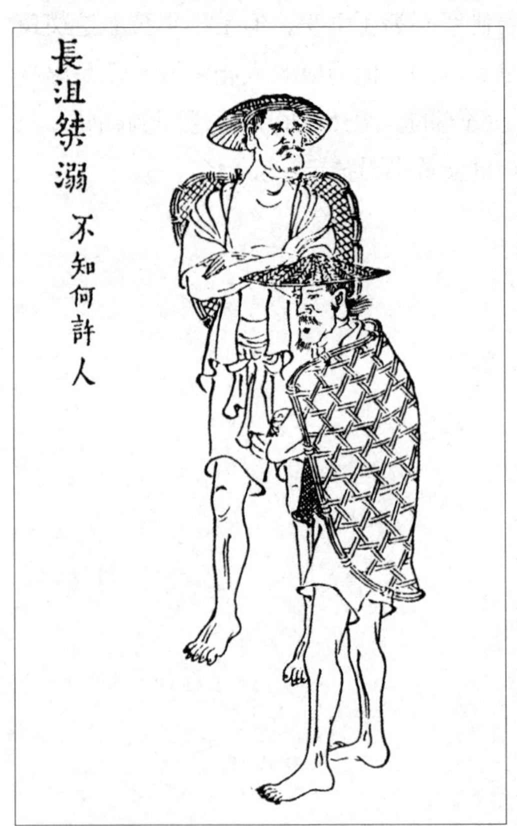

长沮、桀溺，清任熊版画。

孔子对子路说：“我这个做老师的，不是一心求官，如果天下有道，我也愿意和长沮、桀溺一般逍遥种田哪！”

张居正突然醒悟，他批评徐阶贪恋官位是不对的。有人做官是手段，目的是为国为民，例如孔子。也有更多人做官是有目的的，为的是权位名利。两者之间完全不同，但是表面看不出来。

张居正又想起了《金刚经》中那一句："凡所有相，皆是虚妄。"对呀！既然一切都是虚妄，旁人的冷言冷语也是虚妄，一个人只要自己知道自己在做什么，管人家怎么批评？

想通了这一层道理，张居正突然间解脱了，哼着小调，像一只快乐的小鸟。

张居正还写了一首《割股行》的诗，说明自己的志向：

割股，割股，儿心何急，
捐躯代亲尚可为，一寸之肤安足惜；
肤裂尚可全，父命难再延……
我愿移此心，事君如事亲，
临危忧困不爱死，忠孝万古多芳声。

中国古人相信，人肉可以治疗疾病，所以割大腿肉来为父母治疗，被当成一种孝顺的表现。另外，介之推曾经割下自己的大腿肉，熬了一碗热汤给晋文公充饥。所以，"割股"又是忠心的象征。

张居正这一首诗的意思是：割股吧！割股吧！我这个做儿子的，心里多么焦急呀！只要能代替父母受苦，就是要我把身躯捐出来都可以，区区的一寸肌肤有什么可惜的呢？皮肤绽开了还能活，却难延长父亲的寿命……我愿意把对父亲的孝心，移转到对国家的忠心，事奉君王如同事奉父亲，碰到危险忧愁困难全不怕，留下一个忠孝的芳名。

张居正辞官回家，他的父亲张文明深表不满。张文明是个很普通的世俗中人，他认为读书为的就是做大官、赚大钱。张文明气冲冲地责骂张居正："我不晓得你在想什么？我前前后后考了七次乡试，就是没你的运气好。你点了翰林之后，张家总算有了希望，我这才决定不考了。你这副样子，难道是要逼我再去考乡试？"

张居正原先厌弃严嵩的想法，是张文明没有办法理解的。张文明不觉得严嵩贪污有什么不对，做官本来就是这样，难不成还要两袖清风？这一回张居正已经想通了，也就顺着父亲与亲友的意思，决心回朝。

张居正又去前妻顾氏的墓前祭拜。顾氏死后，他很快又娶了王氏，但是仍对顾氏不能忘情。他曾经写了一首诗，怨叹老天爷为何让他“中途弃所欢”，人生走到一半，失去了最喜欢的另一半。因为顾氏去世，让张居正感念人生无常，而弃官归田。也因为参悟人生无常，必须把握每一刹那，他又回到了朝廷，以积极的态度，勇敢地卷入政治漩涡。

嘉靖三十六年（1557 年）的秋天，张居正回到了京城，朝中依然一片乌烟瘴气，明世宗仍然一心想当神仙，严嵩还是大权在握，而且还多了一个宝贝儿子严世蕃帮助作恶，徐阶仍然是一副不动声色的模样。

不同的，应该是张居正的心态不同了。他学会了忍耐，知道好事多磨，人生的不容易。他对自己说：“严嵩快八十了，我才三十出头，不急、不急，耗下去！”

徐阶也看出张居正长大了，成熟了。张居正是徐阶最疼爱的学生，他不希望张居正成为杨继盛第二，白白牺牲生命。后来邹应龙听说，明世宗开始不满意严嵩父子，于是想上疏弹劾。徐阶也舍不得让张居正参与，他知道张居正是大才，必须留着日后为国家做大事。

张居正乖乖的沉住气，不发一言，照样听话写“贺灵雨表”、“贺瑞雪表”、“贺元旦表”一些不痛不痒的应酬文字，严嵩根本没把这个小子看在眼里。

张居正在等待机会。

# 徐阶立遗诏

嘉靖三十九年（1560 年），张居正再度入朝，他写了一首诗："欲报君恩，岂怕人言？"他既然一心准备报答君王，旁人的说长论短他再也不怕了。张居正所说的"君"，其实是整个国家。

徐阶一向显得很惧怕严嵩，但是在关键时刻，他干脆利落，一举除掉了严嵩、严世蕃父子二人，看得张居正暗暗拍手大叫痛快。

张居正向徐阶深深一鞠躬道："我一直误以为老师太过温文。"

"加上没有魄力，对不对？"徐阶自己把话接上。"你会射箭吗？"

"会一点儿。"

"箭要射得好，必须学习适度的等待与忍耐，当弓的张力到达极致时，箭会自动弹出去，就如同在大雪纷飞中的竹叶，被雪压得低低的，突然之间，积雪自动滑落地面，叶没有动。"

"是的，叶没有动。"张居正若有所悟。

"如果你不能保护自己，如何为国家做事？"徐阶又反问一句。

以后的一段时间，徐阶安排张居正担任国子监司业。按照明代的制度，南北两京都有国子监，等于是今天的国立大学。国子监的祭酒是高拱，相当于今日的大学校长，张居正是司业，等于是教务长或是副校长。

高拱也是徐阶引进来的人才。徐阶爱才，这一回却看走了眼。高拱是嘉靖二十年（1541 年）的进士，学问是有的，但是心眼甚小，一下子平步青云之后，开始变得神气活现，就是见到徐阶也摆着一张脸。徐阶一向修养极佳，也不与他计较。

嘉靖四十五年（1566年），明世宗的病更沉重了，世宗迁居西苑，阁臣们也都住在西苑，不敢回家。高拱把家眷搬到城门外，常常抽空回家看一看，有一个给事中胡应嘉向皇上参了一本。由于胡应嘉是徐阶的同乡，高拱就认定，必然是徐阶指使的。

这一年冬天，服过无数仙丹的世宗终于逝世了。皇帝过世之后，头一件大事就是发表遗诏；也就是皇帝的遗书。事实上在这个当儿，皇帝早就昏迷不醒了，因此，遗诏往往是出自大臣的手笔。

徐阶知道为国家尽忠的时刻到了，他摒退了阁臣高拱、李春芳与郭朴，单独留下张居正密谈。在此间，谁也不晓得，张居正有这等分量。

"让我们一扫嘉靖朝的弊政，斋醮（jiào）是一件，大兴土木是一件。"徐阶一一数来。

张居正接着说："还有广求珠宝，大兴织造。"

"另外议礼案，大狱案受到牵累的官员，一律复官。"徐阶、张居正异口同声说道。

他两人相视而笑，这一笑之中有多少欣慰，多少煎熬过来的辛酸！他们终于得到机会了。这天晚上，师生两人完成了明世宗的遗诏："朕以藩王入继大统，获奉宗庙四十五年……只因为多病，过分求取长生不老，因此引入奸人……每次想起，深感愧疚。从朕即位到今天，凡是提出建言的大臣，活着的重新任用，死了的列入抚恤纪录，一些方士则按照情节论罪，凡是斋醮、土木、珠宝、织作等一律作罢……"

这道遗诏一公布，朝野上下乐翻了天，个个叫好，都说明世宗的一生终于有了一个光明的结论，太好了，太好了！

这样的遗诏，如果明世宗地下有知，一定会跳起来抗议。他是从不后悔反省的人，怎么肯这般认错？事实上，徐阶、张居正的作为，才真正对明世宗最好。

另外有一个人在生暗气，这个人就是高拱。他气愤徐阶没找他一起立遗诏，气得吃不下饭、睡不着觉。

高拱虽然是徐阶引入朝廷，但他很快就认为自己比徐阶还能干，也看不起徐阶的小心谨慎。高拱自我检讨："嗯，一定是徐阶发现了我的心思。"

高拱又继续研究，徐阶貌似恭顺，却有本领扳倒严嵩；现在他表面笑嘻嘻的，谁晓得哪天会不会对我也下毒手。高拱真正是应了那一句话："以小人之心，度（duó）君子之腹。"

徐阶一向审慎小心，但是无意之中得罪了高拱。徐阶事后回想有些后悔，但立遗诏这样重大的事，他实在担心会出差池。毕竟为国家、为世宗完成大事，高拱如果想报复，徐阶也只能坦然接受了。

# 明穆宗不开口

明世宗去世，明穆宗即位。明穆宗即位的时候，年三十岁。

明穆宗是一位宽厚的君主。他最奇怪的地方，在于不开口说话，每次上朝，总是不发一言，而这么一憋就是整整三年。

三年之后，明穆宗偶尔开尊口，也只讲一句“朕知道了”。知道了以后又怎么样，明穆宗依然把嘴巴闭得紧紧的，不说就是不说。

当然，明穆宗并不是哑巴，他只是不喜欢政事。回到后宫，见到美人太监，他一样有说有笑，喜爱游山玩水、喜爱荡秋千，一切有趣好玩的，明穆宗都愿意试一试。他最怕上朝，最讨厌批阅公文；在明穆宗看来，反正徐阶、高拱、张居正都挺能干，李春芳、陈心勤、郭朴也颇忠诚，实在用不着他多操心。

然而，内阁之中并不平静，凡是有人的地方，似乎就免不掉是非和斗争。

高拱有才干、爱国家，但是心胸狭窄、有仇必报。对于徐阶立遗诏的时候，单独找了张居正，却没有找他商量，高拱时时刻刻不能忘怀。

徐阶一向最会做人，这一点的确是他疏忽了，情势急迫之时，总是很难面面俱到。不过，高拱不原谅徐阶，主要还是因为胡应嘉事件。

胡应嘉是吏部给事中。给事中是言官，责任是对皇帝的失职提出意见。不过，自宋朝以后，言官多半只对文武百官提出纠举。明朝给事中官位虽低，权力却很大，甚至可以不必根据事实，只要“风闻”怎么样怎么样，就可以弹劾官员。即使后来查无其事，也不用受到责罚，因此往往可以到处找麻烦，为反对而反对。

胡应嘉自号敢言，正是一位喜欢出风头的言官。他一上任，就接连提出弹劾，让黄养蒙、李登云、李磐摘了官位。其中李登云是高拱的姻亲，胡应嘉晓得高拱的脾气，是逮住机会一定要报仇的。所以他先下手为强，弹劾高拱“在嘉靖皇帝病危时，常常偷偷溜回家中”。

高拱知道了，吓得要命，幸而当时明世宗已经陷入昏迷之中，没法管这件事。但是高拱怀恨在心，认为一定是徐阶指使的，因为胡应嘉是徐阶的同乡。

这件事真是冤枉了徐阶。徐阶一向最能容忍，连严嵩的恶行，他都能忍得下，这样区区小事，根本不会放在心上。当时的确有小太监报告：“高阁老从值班的西苑直庐搬出去了。”

徐阶只是微笑，并且为高拱解围：“高阁老一向很顾家的。”

高拱打定主意，非报仇不可。机会来了！胡应嘉又弹劾吏部尚书杨博，理由是杨博偏袒（tǎn）同乡山西人。由于胡应嘉在事先没有提出，而在作业完成之后，临时又要弹劾。

郭朴首先发难：“胡应嘉出尔反尔，应当革职。”

“对！”高拱马上加入，“该革职为民。”

徐阶也答应了，而且吁了一口气，胡应嘉这件事，总算告一个段落。

不料，高拱不满意。他要求：“应该廷杖！”廷杖就是在朝廷上杖打大臣的屁股，打得皮开肉绽。徐阶一向是心地宽大的人，他摇摇头，不表赞同。

高拱不罢休，非打胡应嘉的屁股不可；这样一来，言官群情激昂，一起对高拱开炮，高拱只好在隆庆元年（1567 年）五月暂时去职。

高拱回到了家乡，依然找机会利用宦官，向徐阶放冷箭，恰好穆宗正为徐阶的劝谏而心烦。穆宗虽然在朝廷上不开口，像个呆瓜，私底下却爱疯爱玩，太监李芳引导穆宗夜游，小宦官又在午门外殴打御史。徐阶忍不住上言劝谏，忠言逆耳，穆宗听不进去。

另外一方面，徐阶的儿子在家乡，有点作威作福，徐阶心灰意冷，决心退休，穆宗马上就批准了。

张居正好难过、好伤心，也好失望。他发现，对于年长自己二十多岁的徐阶，有一份对父亲般的亲爱，他从徐阶身上学了好多，也曾并肩奋斗过许多事。张居正舍不得，徐阶坚持，“该走了。”

徐阶刚回到家，立刻收到张居正的来信，信中说：“不肖受到老师知遇之恩，天下莫不闻……今日都门一别，泪簌（sù）簌不能止，大丈夫既然以身许国家、许知己，只有鞠躬尽瘁，其他还有什么话说？”

从此，张居正勇敢地、孤独地踏上了报国之路。

# 李春芳的做作

徐阶受到宦官的排挤，高拱的中伤，终于告老还乡。张居正失去了“亦师亦友”的长者，心中空荡荡的，有说不出的愁闷。不过，他还是打起精神为国家做事。

在张居正的理想之中，一个人应该大公无私、全心奉献，他实在看不惯争来斗去，偏偏朝廷之中就是这样。张居正也不喜欢见到宦官为一点芝麻小事，吵得满城风雨。他心想，总有一天，我要卷起衣袖，大开大阖闯出一番大局面。

眼前，张居正，还在探索着人生道路。

徐阶走了，他的首辅（首席内阁大学士）位置由李春芳继任。这时内阁之中只有李春芳、陈心勤、张居正三个人。

李春芳、陈心勤都是标准的好人，却也是没多大本领的人。李春芳尤其小心谨慎，他时时挂在嘴边的一句话是：“我是一个本分的人。”他当然是个老实本分的人，走起路来都是一小步一小步生怕踏错一步，常常讲一句话讲到一半，马上用手遮住嘴巴，就生怕讲错了，会得罪人。

事实上，李春芳永远不会讲错话。他说出来的话，永远在肚皮里打过十次草稿。所以他一开口，必定重复十次，直讲到听的人想睡觉。

李春芳对于接任徐阶的位置，战战兢兢、手脚发软。果然有人等着看他笑话。因此，李春芳天天嘀嘀咕咕：“你看看，以徐公

（指徐阶）的贤能，尚且因为别人的闲言闲语而离去，我还能长久待在这儿吗？不如早早退休算了。”

这一番话，李春芳天天念，讲到激动时，还要拍着桌子表示：“不想干了！”谁都晓得，李春芳很想做官的，他只是撒撒娇，希望换来旁人的安抚：“不行，李阁老，朝廷少不了你。”

有一回，磨了半天，李春芳仍然难以抉择，又搬出那一句老词：“唉，以徐公之贤，都以人言而去，我还能久在吗？不如早早退休。”

张居正实在烦透了，一不小心脱口而出：“没错，只有这样子，才能保全美好的名声。”

李春芳一听，气得满脸羞红，马上就要上奏章退休。

张居正懊恼自己太冲，想想李春芳虽然没有多大才干，却是廉洁正派的好人，赶紧道歉。

李春芳不理，连续上了三次奏章，明穆宗不答应，这才留在内阁。不过，张居正的恃才傲物，言语锐利也遭人再三批评。

其实，张居正并非完全讽刺李春芳，他的确有感而发。如果想躲避闲言闲语，最好窝在家中；想要做事，施展理想，就要不怕挨骂。

果然，没多久，张居正受到了猛烈的炮轰。

还记得毛妃的儿子宪炜（jié）吗？宪炜和张居正同年，老是不学好，毛妃总是拿张居正来刺激宪炜。当张居正成为小秀才时，到辽王府作客，毛妃对宪炜说：“你呀！这般不上进，总有一天被张居正牵着鼻子走。”

宪炜十分火大。后来，张居正中了举人，毛妃邀张居正的祖父张镇前来庆贺，宪炜借机报仇，灌醉张镇。张镇最后竟然喝死了，一命呜呼。

宪炜从小不学好，嘉靖年间，因为信奉道教，获得赐号“清征教真人”，还拿了一玺金印。

隆庆二年（1568 年）时，巡按御史弹劾了宪㸅洋洋洒洒十三条大罪。穆宗派刑部侍郎洪朝选前往查办，发现宪㸅在辽王府竖了面白旗，写着“讼冤之纛（dào）”四个大字，地方官认为他想造反。其实宪㸅天天酗（xù）酒，根本没有造反的本事，只是暴虐贪财。

在中国古代，造反是罪不可赦的事，非杀头不可。穆宗本来准备将宪㸅处死，后来又念在宗亲分上，免他一死，废为庶人。庶人就是百姓。

人们正愁找不到话题来攻击张居正，这下子可好了，有人说这是张居正公报私仇，有人说是张居正觊觎（jì yú）辽王府房舍壮丽，更有人说张居正恼怒洪朝选不肯诬指宪㸅造反。

这一切全是胡说八道，但是仍然有人相信，并且到处传播。张居正也在一次一次的流言之中，茁壮、长大、成熟，慢慢学习把闲言闲语当成耳边风。

# 姜丝炒驴肠

明世宗去世之后，明穆宗即位，他是一个宽厚平和的皇帝，缺乏果断的气魄，对于政事没有多大的兴趣，从一件小事，就可以看出穆宗的为人作风。

他在裕王时代，还没有当上皇帝的时候，最喜欢吃一道名菜——姜丝炒驴肠。这一道菜，看起来挺简单，不过是驴肠和嫩姜一炒，淋一些酱油麻油。但是肠子要洗得干净，口感要脆爽，还是得考验厨师的功力火候。

穆宗爱死了这一道菜，每次一定吃得精光。尤其是在炎炎夏日没有胃口的时候，只要端上姜丝炒驴肠，穆宗马上为之精神大振，胃口大开。

后来，他当了皇帝，换了厨师，想吃这道菜，形容了半天，竟然不知道自己吃的是什么。最后原来的厨子告诉他："万岁爷吃的是驴肠。"

"驴肠？那不就是驴子的肠子吗？"穆宗大吃一惊。

"没错呀！"厨子回应。

"就因为朕爱吃驴肠，每天要杀掉一只驴吗？"穆宗大为不忍。

厨子心想，每天何止杀一只驴？杀的鸡鸭鱼可多着呢！皇帝怎会有此一"怪问"。毕竟皇帝生长在深宫，对外界事知道太少了。厨子只得老老实实回答："回万岁爷的话，每日杀一只驴，才能保证材料新鲜。"

明穆宗，选自《乾隆年制历代帝王像真迹》。

“这怎么行？”穆宗说着，立刻下令光禄寺从此以后停做这道菜。光禄是官名，从唐朝以来，专门负责皇室的祭品、食膳和招待饮酒等事务。

光禄寺的官员接到了穆宗这一道命令，并不感到意外。因为，每次准备节日膳食，事前把菜单呈上去，穆宗总是挑选最经济、简单的方案。

另外一方面，穆宗和古代许多皇帝一般，沉溺声色，不过他不暴虐。穆宗和陈皇后感情不和睦，十分冷淡。母仪天下的皇后遭到不平的待遇，朝廷的大臣向来是要说话的。

于是，御史詹仰庇写了一道奏疏，犯颜直谏：“最近听说皇后搬离坤宁宫，住在别宫，左右都没有服侍的人，以致抑郁成疾，朝廷内外都十分忧心，万一皇后一病不起，将会伤害天下圣德。”詹仰庇也晓得议论宫闱的事，很容易触怒皇上。因此，他是抱着“不惜一死”的态度上奏章。

穆宗看了，心中虽然不大痛快，但也只是淡淡地回答：“皇后无子多病，近来移居别宫，心情或许会比较舒畅，你不晓得内廷的事，就不用多言。”倒也没有处罚詹仰庇。

中国古代的女子是很可怜的，没有身份、没有地位。最重要的人生责任就是生孩子，而且要生男孩子，即使是皇后，也摆脱不了悲惨的命运。

当时穆宗最宠爱的是李贵妃。李贵妃出身寒门，父亲李伟原是个农人，因为躲避盗贼逃到京城，后来又因为贫穷，把女儿送入宫中当宫女。

李贵妃容貌秀美，站在一群美女中就数她最出色。穆宗在当裕王的时候，一下子就看中了她，疼爱异常。而且说来奇怪，宫内嫔妃生下的孩子大都没多久就夭折（zhé），只有李贵妃顺利养了两个男孩，身价自然不同。

李贵妃的长子朱翊（yì）钧（就是后来的明神宗），长得非常可爱，聪明活泼，是个圆脸、长睫毛，不怕生、爱讲话的孩子。

翊钧五岁时，有一天见到穆宗在宫中快马奔驰，他挥着小手，着急地说："骑这么快，不怕摔下来吗？"

穆宗听了这话，觉得好窝心，这个胖儿子这么小就懂得关心父亲。穆宗心中一乐，马也不骑了，索性下了马，一把抱起朱翊钧，亲一亲他的圆脸："你开始读书了吗？背一段给我听。"

朱翊钧就开始背诵："人之初，性本善……"有板有眼的背起《三字经》。他从两岁半牙牙学语开始，就经常表演背诵《三字经》。

朱翊钧这个开心果，不但穆宗喜爱，李贵妃喜爱，连陈皇后也疼他。由于翊钧的逗人开心，陈皇后的健康逐渐康复。

李贵妃每天带翊钧到陈皇后那儿请安。一听到贵妃和太子的脚步声，陈皇后就乐了，赶快拿出准备好的点心，逗一逗、玩一玩这个小男生。久而久之，竟然拉拢了陈皇后和李贵妃之间的感情，穆宗心里就更疼爱这个儿子了。

# 高拱有仇必报

明穆宗隆庆三年（1569 年），高拱回到朝廷担任大学士兼掌吏部事。他在家乡憋了三年的闷气，此番重来，他要施展长才，也要报仇。

高拱回来了，稳坐内阁第一把交椅。原先的首辅李春芳，原本就是一个恭谨小心、不爱管事的好好先生。既然高拱喜欢揽权，他也就乐得让手。

想当初明世宗过世之时，徐阶只找了张居正商量遗诏，没有找高拱商量。对于这件事，高拱做梦都不肯忘记，又恰好徐阶三个儿子不学好，让高拱逮到理由，他非要报仇不可。

李春芳与徐阶关系不错，事实上，徐阶一辈子谨慎小心，公忠体国，就是一个不小心得罪了高拱。李春芳忍不住劝高拱："犯不着穷追到底，算了吧！"

李春芳一连挡了几次，阻止高拱报仇。

高拱火大了，竟然转而攻击李春芳。

李春芳觉得没意思，想要退休，而且他挺有福气的，虽然七十高龄，父母亲还健在，都快当人瑞了，与其受高拱的气，不如回家陪伴老爹老娘。

李春芳上了几次奏章，要求告老还乡，明穆宗都不答应。高拱急了，拜托南京给事中王祯对李春芳提出弹劾，李春芳觉得好没有面子，再也不肯做下去，就这样，李春芳离开了朝廷。

陈心勤是内阁第二个被高拱给拱走的人，他走得很冤枉，只不过是上奏章时，提到了一些因循的毛病，强调应该惩治贪官污吏等等，穆宗十分嘉奖，交代下去办理。

高拱小心眼，看到奏章不开心，鼻孔哼了一声："你是在侵犯我吏部的职权。"因此决心报仇。

陈心勤一向忠谨小心，明世宗曾亲自书写"忠贞"二字送给心勤。他了解高拱的脾气，懒得与他斗争，于是自称生病，离开了朝廷。

第三位被赶走的是赵贞吉。

赵贞吉学问品德都高人一等，脾气也比旁人大一等，动不动火气就上来，声音就高起来了。他自认为是老资格，对谁都是指名道姓，背后惹来不少怨言，然而赵贞吉仪表堂堂，上朝论政，侃侃而谈，连明穆宗都不敢小觑。

赵贞吉与高拱在考察科道官时起了冲突。高拱把他所厌恶的二十七人完全斥退。赵贞吉受不了，请求退休，并且上了奏章批评高拱，"臣自从掌管都察院以来，只有考察一件事与高拱意见相左，臣噤（jìn）口不能发一言，高拱是真正的专横。"

紧接着，高拱要直接对付张居正了。

隆庆五年（1571 年），徐阶三个不成材的儿子同时被捕，田产充公，二个儿子充军。徐阶是张居正的恩师，又是铲除严嵩的大功臣，张居正认为儿子的过错由儿子承担，不必再波及徐阶。

偏偏高拱正是要找徐阶报仇，有一天，高拱听说张居正收了徐阶三个儿子三万两银子，他立刻找张居正理论。

"没有的事就是没有的事。"张居正极力否认。

高拱不相信地瞅着张居正："那你敢不敢发毒誓？"

张居正知道拗不过高拱，因此，他跪在地上，指天发誓："如果我拿了三万两银子，天打雷劈。"

高拱这才饶过了张居正。

这时，殷士儋（dān）准备入内阁补缺。高拱不喜欢他，认为他不是自己人，所以高拱就要韩揖提出弹劾。

没多久，在一次给事中与内阁大学士见面的机会，快人快语的殷士儋突然之间，一个箭步冲到了韩揖身旁，大声说："听说韩科长对我不满意，这倒是无所谓，可是犯不着被人利用。"

韩揖呆住了，不晓得该如何回答，人人都知道，这番话是冲着高拱而来的。高拱恼羞成怒，一甩袖子道："这成什么体统？"

殷士儋火了，挽着袖子大声说："不成体统的事多着呢，驱逐李春芳阁老的是你，驱逐陈心勤阁老的是你，驱逐赵贞吉阁老的还是你，连回到老家的徐阶阁老你都不放过，内阁就是你一个人的。"说着，抡起拳头迎上去。张居正一面劝架，一面心想，高拱有仇必报，真是让人头痛啊。

# 美女三娘子

穆宗隆庆三年（1569 年），高拱因为得罪言官，不得不离开朝廷，回到家乡。经过了三年不断努力，靠着宦官的帮忙，以及穆宗在当裕王之时，高拱曾经担任九年的老师，穆宗顾念旧情，高拱又回到了内阁。

高拱初回来之时，张居正十分高兴，毕竟高拱学问极佳，头脑清晰，办事能力高，他二人携手合作，对付鞑靼的事件即为一例。

鞑靼的问题，长期以来，一直困扰着中国。鞑靼首领俺答战斗力强悍，行踪飘忽，屡次大规模进犯，明朝完全不能抵抗，地方官兵不敢迎战，每次都是鞑靼劫掠一番，呼啸而走之后，这才调出队伍，到处走一回、装装样子，表示也出了兵，作个交代。老百姓饱受蹂躏，苦不堪言。

俺答不是个粗人，他有勇有谋，会带兵打仗，也懂得重用一批投降的汉人赵全等人，发展组织，自辟水田，建筑城堡，声势一天比一天强壮。

不料，此时出现了一位美女三娘子，扭转了局势。

俺答第三个儿子铁背很早就去世了，铁背留下了一个小男孩把汉那吉，由俺答的妻子克哈屯一手带大。

把汉那吉长大了，也娶了妻子，但是他又看上了姑妈的女儿三娘子，三娘子真是个美人胚子，浓眉大眼、轮廓深邃（suì），明朗活泼又特别爱笑，一笑起来灿烂如花，任谁都舍不得把视线自她脸上移开。三娘子骑术一流，快速如风，当三娘子骑在马背上，回眸一笑，那真是迷死人了。

把汉那吉自从看到了三娘子，就成了一个呆子，他本来就木讷，现在是成了哑巴。

克哈屯觉得奇怪，把汉那吉害羞地告诉了祖母，他在暗恋三娘子。

“这有什么问题？”克哈屯慈祥地说。没多久，三娘子成为把汉那吉第二任妻子。

没隔多久，发生了不幸。俺答这位当祖父的，竟然也爱上了三娘子，显然的，三娘子也爱慕老英雄，甜甜地对着他笑，并且骑着快马，与俺答一块打猎去了。

把汉那吉气疯了，他又妒又恨地去找克哈屯。

克哈屯早就习惯俺答的风流，她轻松地说：“你祖父就是这个脾气，没关系，你再去找一位美女也就是了。”

把汉那吉一张脸胀得通红，他忿忿地说：“我就是爱三娘子，不要别人。”

克哈屯没理会他，耸一耸肩道：“回去睡一个觉就没事了。”

把汉那吉自小被俺答、克哈屯捧在手心看着长大，要什么有

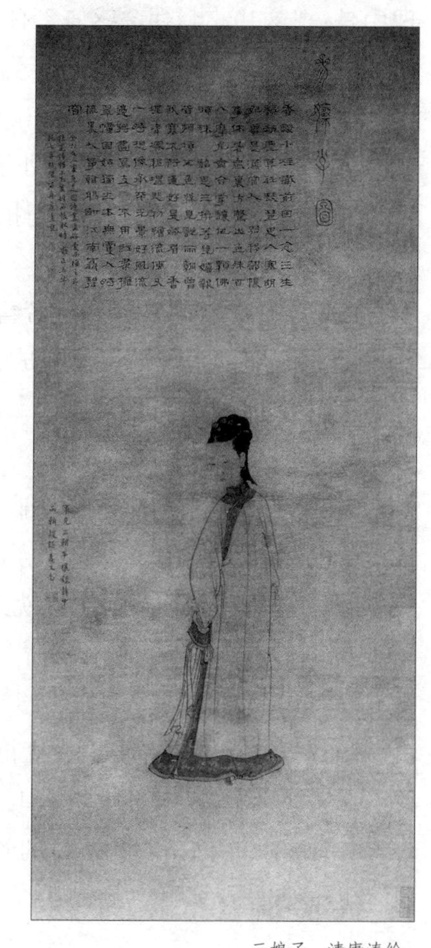

三娘子，清康涛绘。

什么，不料这一回，祖父成为情敌，这一口气他咽不下去，又没法子平复。

当天晚上，失恋的把汉那吉带着十多个人投奔明朝，来到了大同，总督王崇古十分高兴，频呼："太好了，太好了，奇货可居！"并且上报朝廷。

朝廷里许多大臣反对，认为"切切不可收留亡命之徒，以免惹怒了鞑靼"，独有张居正坚持收留，高拱也站在这一边。张居正的理由是："这并非明朝诱惑俺答孙子来降，而是他自己仰慕明朝文化，岂有不收之理？"明穆宗接受了张居正的意见，封把汉那吉为指挥使，并且予以优厚的赏赐。

另外一方面，克哈屯丢了孙子，天天敲着俺答的头骂他："你这个爷爷气走了我的乖孙，你得把他给找回来，否则我让你日夜不得安宁。"

俺答自己也晓得闯了祸，带着大军来到了平虏城，张居正心中有准备，谭纶、戚继光练军有成，俺答不一定打得过。更重要的是，把汉那吉捏在明朝手中。

明朝派出鲍崇德前来谈判。

"待我的大军来到，你们全部死定了。"俺答气愤地咆哮。

"没错，但是中国的将领，到底比不上你的爱孙，朝廷对他宽厚极了，但是战事一开，他也就完了。"鲍崇德不慌不忙回答，鲍崇德见俺答没作声，又继续道："其实，只要交还赵全等汉奸，你的孙儿就可以回去了。"

就这样，把汉那吉穿着大红袍，回到了俺答的身边，俺答很感激，从此晚年好佛，与明朝议和。三娘子在鞑靼掌握大权，坚决主张与中国和平相处，明朝还特别颁发她一个"忠顺夫人"的号，从此西北一带安宁。

# 明神宗即位

高拱回到朝廷之后，气焰高张，一口气赶走了四位大学士。他之所以想做什么就做什么，当然因为高拱确实能干，更因为穆宗对高拱的信任与支持。

穆宗隆庆六年（1572 年）一月下旬，穆宗突然患了重病，而且全身长满热疮，御医调理了一个多月，总算比较有起色。高拱在穆宗还是裕王之时，就是他的老师，双方关系融洽，高拱很关心穆宗的健康。

有一天，穆宗上朝以后，悄悄拉着高拱说话，他伸出手臂，露出腕上的疮，埋怨地说着："还没有落痂，真是烦死人。"接着恨恨道："唉，祖宗二百年的天下，以至今日。国有长君，社稷之福，奈何东宫年纪还小着呢。"这番话，穆宗翻来覆去说了几回。

高拱一愣，抬头一望，穆宗果然脸色如枯叶，难看得可怕，心中掠过不祥的阴影，但是嘴上仍说："皇上万寿无疆，何必这么说话。"

穆宗神色黯然，苦笑着不再说话。

到了五月里，穆宗在上朝的时候，突然之间，口歪眼斜，站也站不住，原来是中风了，大伙赶紧上去扶持。一会儿，穆宗在乾清宫，紧急召见高拱、张居正、高仪三位大学士。穆宗吃力地说："朕嗣统六年，如今病重不起，有负先帝付托；太子还小，一切委托卿等，辅助嗣是，遵守祖制，才是对国家的大功劳。"

这是在托孤了。十岁大的皇太子站在御榻边，一脸稚气，还不晓得发生了什么大事。三位大学士眼中饱含泪水，穆宗不过三十六岁，如此年轻，怎么就要离开人世，这一幕情景真是让人鼻酸啊。三位大学士不断地不断地叩头，表示他们一定不辱使命，请穆宗放心。

第二天，穆宗果然放心地走了，立刻，整个宫中换上白色孝服。

大臣们在内阁之中痛哭流涕，其中高拱与穆宗感情最深，他一向又是情绪特别容易激动；他拍打着桌子，轰轰烈烈地哭喊着：“天啊！十岁的太子该怎样地治理天下？”

后宫之中更是一片哽咽凄厉的哭声，陈皇后与李贵妃抱头痛哭，陈皇后拍着李贵妃的背，连连劝慰：“不要再哭了。”但是口头这样劝别人，自己也是眼圈通红。

李贵妃是穆宗最宠爱的女人，她当然最最伤心，皇太子才十岁，她又怎能不担心？“皇后你想想看，”贵妃抽抽泣泣地说：“皇上走了，以后咱们孤儿寡母的日子能过吗？”

明穆宗，明宫廷画家绘，台北故宫博物院藏。

贵妃自己拭一拭眼泪、擤（xǐng）一擤鼻涕，努力让自己振作起来，拉着皇太子的手，严肃地对他说：“你得争气。”

皇太子翊（yì）

钧赶紧点点头，连声称是。

太子最怕他母亲李贵妃，贵妃十分严肃，一丝不苟；骂起人来之时，言语锋利，太子看着就打哆嗦。

幸亏太子身旁还有冯保陪伴着。冯保是太监，太子昵称他为“大伴”或是“大伴伴”，在太子的感觉之中，冯保像他的哥哥，可以保护他、教导他，太子心中依赖着冯保。尤其突然之间，父皇去世、太子马上要登基当皇帝了，心中着实慌乱不安。这位十岁的小皇帝，就是明神宗。

冯保自幼入宫，并且以优异的成绩从培养太监的“内善堂”毕业，由于他天生聪明，文笔优美，琴棋书画样样精通，嘉靖皇帝在世之时，他就是秉笔太监了。隆庆三年（1569 年），掌印太监出了缺，他原本以为一定轮到他，不料，高拱竟然推荐了样样不如他的陈洪，冯保心中难平。

高拱不喜欢冯保，因为冯保不是他的人。

冯保也不喜欢高拱，认为高拱没有度量。

风水轮流转，支持高拱的穆宗去世了，太子信任的冯保机会来了。

这时，双眼泪涟涟的皇后、贵妃准备找得力大臣视察穆宗葬地。冯保立刻建议：“张大学士居正十分合适。”

张居正学问好，修养、气质也好，皇后与贵妃都十分赞成。

大热天里，张居正赶到大峪岭视察葬地，十分辛苦。一路上，他想到未来的朝政，高拱与冯保的不合更加令他忧心。假如高拱器量大些，该有多好呢！

# 冯保反攻

隆庆元年（1567 年），明穆宗过世，太子朱翊钧即位，是为明神宗，年号万历。这一年，万历只有十岁。

张居正奉派去视察大峪岭的葬地。太阳好烈好毒，他被晒得全身汗淋淋，一会儿又被太阳烤得毛焦火辣，一热一冷交逼之下，张居正大吐特吐，吓坏了随行人员。但是皇帝的丧事非同小可，张居正还是打起精神来，一件一件吩咐妥当。

张居正突发奇想，假如是去郊游，心情不一样，可能就不会生病了。这一趟，他实在心情恶劣到了极点，穆宗才三十六岁就走了，固然让人难过，更让张居正忐忑不安的是高拱。高拱绝对是尽忠负责的好长官，但是他太不能容人，一连“拱”走了四位大学士。如今，高拱一定全心要对付皇帝身边的太监冯保，问题是冯保岂是轻易会被击败的呢?

想到这儿，张居正一阵昏眩，几乎要跌倒在山路上。

张居正猜得丝毫不差，高拱正磨刀霍霍，发动大臣们弹劾冯保“四逆六罪”、“三大奸”。

张居正回到了京城，果然病倒了，又泻又吐，一塌胡涂，不得已请了病假，没有去内阁上班。另一方面，张居正的确也有意借着这一场病，躲过高拱，他知道劝高拱，高拱准不听，还会哗啦哗啦发脾气，干脆避开吧。

高拱一向自信十足，眼看张居正与另一位大学士高仪病倒，暗暗冷笑一句“你们真没用”，没关系，一切高拱自己来扛责任。

高拱像大炮般发射出第一道奏疏攻击冯保，“冯保不过是一个小小侍从奴仆，竟然胆敢站在天子宝座旁边，接受文武大臣的朝拜，这完全是欺负天子年幼。”

高拱自认为这一炮，可把冯保轰得体无完肤。高拱忘记了，冯保是小皇帝最亲信的人，冯保之所以时时刻刻站在万历皇帝旁边，这是因为十岁的万历会怕，得要冯保保护。

冯保知道高拱在对付他，心中万分委屈，一个人躲在树下掉眼泪，连小皇帝来了都没答理。

万历帝好着急，穿着小龙袍，踩着云靴，上气不接下气，慌慌张张禀报李太妃说：“不得了，大伴不知为什么，一个人在树下哭个不停。”

“喔，有这种事，我去看看。”李太妃说着，拉着小皇帝就走，陈太后也跟着一块走。自从穆宗过世，陈太后、李太妃、小皇帝真正是相依为命，三位一体，到哪儿都走在一起。

一行人走到树下，发现冯保果然是在哭，哭得眼睛比红桃子还要红，“怎么啦？”李太妃讶异道。

冯保收住眼泪，磕一个响头道：“奴才不能再侍候太后与皇上了，因为高阁老要赶奴才走。”

“有这种事？”李太妃一扬眉道。

小皇帝连声嚷嚷：“不要不要，我要大伴。”

陈太后则不满道：“这件事，高拱能做主吗？”

冯保用手擦一擦眼泪，抓紧机会告状：“高阁老的跋扈（hù），谁人不知？他一口气赶走了四位大学士，前些时日先皇驾崩，他到处说：十岁的小孩，怎能当皇帝？”

这话是高拱说的，一点也没错，他当时的用意是担忧国家未来，倒没有不敬的意思。

但是，冯保这么一转述，陈皇后、李太妃、小皇帝全呆住了，而且背脊发凉。

尤其是李太妃，最担心孤儿寡妇遭人欺侮，现在先皇尸骨未寒，高拱就出言不逊，这还了得吗？李太妃用力咬一咬嘴唇，吩咐冯保："你起来吧，我知道了。"

李太妃决定要给大家一个下马威，让新登基的小皇帝拿出气派来，于是，在明神宗即位的第六天，六月十六日，天还未明，神宗召集大臣到会极门。高拱好乐，等着"拱"掉冯保，心中哼着小调，精神抖擞前往。

到了朝廷，众官员一如平常，趴在地上行大礼。高拱悄悄一瞄眼，咦，冯保怎么又是大模大样站在小皇帝身边？他心知不妙。这时，太监高喝："张老先生接旨。"高拱心中一凉，他是元首，为何不说"高老先生接旨"？显然事情大有蹊跷。

果然，王太监念道："大行皇帝升天前一日，召集大臣在御前，同我母子三人亲受遗嘱，说东宫年小，要你们辅佐。今大学士高拱专权擅政，不许皇帝主管，不知他要何为，我母子三人惊惧不宁，高拱立刻回到原籍居住，不许停留。"

高拱一听，全身冷汗，瘫软在地上，不能动弹。

# 高拱乘骡车

高拱一心想要除掉明神宗身边的太监冯保，结果冯保一记回攻，高拱落得“即日出京，不许停留，遣返原籍”的下场。所谓遣返原籍，就是指从此以后，在原籍贯地方官的监视之下，不得乱跑，终生不得离境。

张居正眼看高拱在进行一件不可能的事，他无法劝阻，但是高拱落此下场，张居正也非常同情。因此，他与高仪联名上书，恳请收回成命，挽留高拱，张居正说：“臣不胜战惧，不胜惶忧。高拱经过三个朝代三十多年，虽然议论侃直、外貌威严，毕竟并未犯过大错，如果遭到罢斥，恐怕这也不是先帝负托之意也。”“如果是因为内阁之事，张居正与高仪愿意与高拱一块罢斥。”

但是皇上批的是“卿等不可以护同党而辜负国家”，显然不同意高拱继续留任，也不同意张居正一块辞职。

事实上，朝廷对高拱的处分是相当严厉的，不但命令他立刻出京，并且斥责高拱“受到国家的厚恩，竟然蔑（miè）视幼主，从今之后，应该洗心革面，忠心报国。如果敢再重蹈覆辙，就该大刑伺候。”

高拱当然记得他曾经抱头痛哭：“十岁的小孩该如何治理天下？”这一句话，但是高拱的意思是，正因为天子年幼，他等该尽力，没有一丝一毫的恶意啊。

可是言者无心、听者有意。十岁的明神宗虽然只有十岁，到底是登基当了皇帝，对于年纪大得可以当父亲的文武大臣，本来就害怕心虚：高拱这句话，正中明神宗的心脏，也恰好击中李太妃的痛处，高拱自己害死自己，又自不量力想要赶走明神宗最相信、最亲爱的冯保，难怪倒大霉。

可是，高拱完全不懂得反省，他把所有怨气完全归到张居正身上。不断嘟嘟囔囔骂道："还不是奸臣张居正与奸人冯保联手害我。"

高拱被贬的消息传来，高家的奴婢一哄而散，平日高阁老待下人就不宽厚，现在他垮了，也没人再跟着他了。

通常，明朝大臣解除职务，回到乡里之时，一律有"给驿"，所谓给驿，就是驿站里的车马人手等，但是这一次，高拱卸任，限定立刻回籍，不许逗留，只得自己雇（gù）用骡车，十分狼狈。

张居正不忍心，赶着帮助他"请求驰驿行"。也就是说为高拱争取到仍然使用公家驿站，体面、舒服一些。

高拱却不肯领这个情，昂着头说："走就走了，滚就滚了，何必弄什么驰驿？用不着了。"

张居正一片好心，满面尴尬，十分难堪，高拱仍不放过张居正，拍一拍他的肩膀，挖苦他说："你不怕再背一个庇护同党，辜负国家的罪名吗？"

张居正好窘，忍不住说："哎，到了这步田地，高阁老仍然是这个脾气。"

"对，我就是本领大、脾气臭。"说着，高拱就真的上了骡车。

一旁送行的亲友看不过去，纷纷相劝，高拱不理。

张居正知道高拱嘴硬，事实上吃不了苦。从北京到河南，长达一千五百里，一路折腾下来，恐怕老命也丢了。因此，又去求神宗，请"皇上垂念高拱旧日功劳，特赐驰驿回籍"。张居正拿到了神宗的命令，派遣何文书赶去交给高拱。

高拱平日享受惯了，几时坐过骡车？一路颠簸，屁股都痛了。他也一路开骂，走了二十多里，来到了良乡的真空寺，一些亲朋前来送行，这时，何文书也赶到，双手捧上报告道：“这是张老爷办的驰驿勘（kān）合。”所谓勘合，古代用竹木做为契符，上面盖了印信，剖为两半，一半交给前往调遣的人，一半交给被调遣的人，两半相合，骑缝相同就假不了。

何文书带了驰驿勘合，也带来了驿车人马，就等高拱上驿车了。

高拱仍然尖嘴刻薄地说：“你们张爷真会演戏，这正是我们河南家乡土话说的：又做巫师又做鬼，一人演两角。我活该被张爷玩弄。”

旁边亲友再三规劝，高拱自己也坐怕了骡车，于是以“我也不敢违背皇帝”为理由，终于上了驿车。

# 王大臣行刺

高拱因为得罪了明神宗，以及明神宗身边的太监冯保，因此被赶出朝廷，回到家乡。

明神宗却余怒未消，他只有十岁，最怕人家看不起他。他心想，既然是一国之君，每一个人都应该服服帖帖的。所以，高拱虽然受到了处罚，明神宗依然气嘟嘟，时常忿忿地说："高拱不忠，欺负朕躬。"

朕躬就是自身的意思。在秦朝以前，不论尊卑，人人都可以自称为朕。到了秦始皇，他说："我当天子，我才能称朕。"从此以后，只有天子能自称朕。

非但明神宗不开心，冯保也不乐。冯保和高拱一直是死对头，这一回，冯保胜利了，但是心里却不踏实，因为以前高拱曾经下台，没多久又东山再起。最好找个机会把高拱彻底除掉才是。

就这样，发生了一件"王大臣事件"。

明神宗万历三年（1575 年）正月十九日，小皇帝明神宗照例上朝，在乾清宫门口，突然有一个无须男子，穿着太监衣服，神色匆促，一直闯到明神宗身旁。

"咦，你是什么人，竟敢犯驾？"

左右的人一拥而上，拿下无赖，将他掀翻在地，发现他身上竟然藏了两把利刃，这还了得？宫廷之中，侍卫谨严，他如何有通天本领闯了进来？意图安在？众人七手八脚，把这位陌生男子押到了东厂。

冯保亲自审问：“你叫什么名字？”

“王大臣。”

冯保噗哧笑了出来：“噢，你真会开玩笑，真会占便宜，竟然取了一个名字叫大臣。”

“小的真的就叫王大臣。”

冯保收住了笑容，“好，就算你叫王大臣吧，你打哪儿来？何以入宫行刺？”

王大臣回答：“小的自蓟（jì）州逃来，当兵太苦了。有位小乡在宫里当差，小的就跑来了。”

冯保见王大臣畏畏缩缩的模样，没有江洋大盗的狠劲；他确定，只不过是一个胡里胡涂开小差的逃兵，没有啥了不得的。

突然之间，冯保灵光一现，何不把此事与高拱扯在一块，借此拖他下水，一了百了。

冯保突然变了笑脸，亲密地拉着王大臣的手道：“你呢，只要说是高阁老高拱派你来朝廷行刺，我保证给你官做，永享富贵，真正当一个王大臣，你看可好？”

王大臣当然只有点头的份了。

紧接着，冯保派出心腹辛儒，塞给了王大臣二十两银子，教唆他指导王大臣“供出”高拱老家的人高宝、高本、高来同谋行刺。

一会儿东厂派出五名小校，飞奔河南，捉拿高宝等人。

不久，消息传遍了宫廷内外。大家都说，这不像高拱高阁老会做的事，风险太大，而且高拱只是脾气臭，对朝廷对皇上其实是挺忠心的。

问题是，冯保讨厌高拱不重要，连皇帝也恨不得找个理由除掉高拱。同时，王大臣也招了，凶器也在，目击证人也有。张居正为此真是伤透了脑筋，踱着方步走过来走过去，不晓得如何为高拱脱罪。

另外一方面，东厂派出的五名小校到了河南省新郑县，县官发兵围住高拱的住宅。高拱家人听说主人派人行刺皇帝，纷纷各自偷了一些金银财宝逃窜。

高拱被贬回家，已经心中老大不痛快，满腹牢骚，现在又莫名其妙扯上行刺皇帝，他实在也不想活了，准备上吊自杀。

这时走进来一名骑兵，悄悄告诉高拱："我是张阁老派来的，不是要逮捕高阁老，唯恐惊动阁老，敬请千万放心。"

原来，张居正非常了解高拱的脾气，唯恐经过这一下刺激，马上自己寻死，所以好心地先派人安慰高拱。但是高宝等家人却被押往朝廷，张居正一时之间，还拿不出半点办法。

"一个人活着一天，就永远有困难要解决。"张居正只好这么自我安慰着。

# 张居正想自杀

高拱得罪了明神宗，以及明神宗身边的太监冯保，被赶出了朝廷。但是，事情还没有了结。后来，有一个名叫王大臣的逃兵入宫行刺，冯保设计，唆使王大臣诬赖高拱主谋。

原本朝廷之中有三位内阁大臣：高拱、张居正，以及高拱引进的高仪。经历了一连串的事故，高仪承受不住压力，直嚷“政治太可怕了”，病倒在床。

等到高仪听说高拱被逐回家乡，他担心会牵连到自己，突然觉得喉咙甜甜的，一张开口，整整吐了一脸盆的鲜血。连吐了三天之后，高仪就死了。

三位顾命大臣，只剩下张居正一个人，少不得遭人嫉妒，这一会儿又出了王大臣的案子，许多人暗中批评，“驱逐高拱已经很过分了，现在又要杀高拱，张阁老未免手段太狠了。”

这些闲言闲语传到了张居正耳朵，他心里十分难过。高拱被赶回乡时，他好心好意为高拱张罗驿车，还被骂成“猫哭耗子假慈悲”，做人真不容易。大热天里，张居正去视察穆宗陵墓，中了暑，没精打采在家中休养。

此时，吏部尚书杨博，以及都察院左都御史葛守礼一块去拜访张居正。

杨博一进门，拉着张居正就说：“高公是冤枉的。”

葛守礼更着急地为高拱辩解，“我可以以身家性命担保，这件事绝对是东厂有私心。”

张居正无奈地摇摇头，“二位以为我不明白吗？”

“不是的，”杨博连忙解释，“只有相公才有回天之力。”

“难矣。”张居正叹一口气。李太妃、明神宗、冯保三人都希望除掉高拱，张居正的确难办。

送走了杨博与葛守礼之后，左仆卿李幼滋也来了，李幼滋是张居正的小同乡，近年来脚软无力，已经很少出门，这一会撑着拐杖，一颠一跛摇摇晃晃走了进来，“你为什么做这样的臭事？”

李幼滋当头这一棒，打得张居正莫名反感，“凭什么说是我做的？”

“你在追查主使人，东厂又一口咬定主使人是高拱。千年万代之后，人们一定把恶名推到你身上。”李幼滋一副得理不让人的架式。

张居正痛苦地闭上眼睛，“我为这事日夜忧烦，我都不想活了你知道吗？竟然还说是我主使诬赖高拱。”

“哼，反正你不设法，就代表是你的阴谋。”李幼滋气呼呼撑起拐杖走了，拐杖在地上“笃笃笃”的声音，重重地敲在张居正的心上，敲得他好痛，眼泪也悄悄滑了下来。

张居正说自己想自杀，不是一时气话；虽然位高权重，却是重重困难、层层误解，无法为自己洗清冤屈。

李幼滋一席重话，迫使张居正重新面对困难，忽然之间，他想出一个办法。张居正向神宗上奏，兹事体大，东厂的讯问只是初审，复审请交成国公朱希孝，以及葛守礼与冯保共同审讯。

朱希孝是开国功臣朱能的后代，平日是个游手好闲的公子哥儿，接到烫手山芋，整个人傻了，他着急地去找葛守礼，葛守礼安慰他：“这不过是借重你都督的威风压一压王大臣。”朱希孝才定了定神。

王大臣在黑牢之中，等着欢天喜地出狱。在他看来，既然已经按照冯保的主意，诬赖高拱主使，应该可以安享荣华富贵。不料，来了一名朱希孝手下的校尉，冷冷警告他，“马上就要三堂会审，若有人欺你无知，你得小心。”

王大臣一听此言，心凉了半截，看来冯保这小子说话不算话，存心诓（kuāng）骗他。

因此，王大臣上了堂，眼睛直直盯着冯保，冯保被他看得手心冒汗。按照法司会审的规定，犯人上堂，有理没理，先打一顿，称之为“杂治”。几名校尉上前来，剥开王大臣的衣服就打，王大臣高声反抗，“既然许了我富贵，为何打我？”

冯保着急了，指着王大臣道：“快说，谁主使你来的？”他恨不得加上一句：“赶快说出是高拱，我就判你无罪。”此时的王大臣已经气疯了，指着冯保大叫：“就是你主使的！”朱希孝连忙喝止：“休得乱言，押下去！”张居正用智慧化解了一场灾难，王大臣案告一段落。

# 张居正走过情绪低潮

张居正因为高拱涉嫌唆使王大臣行刺之事，人们怀疑张居正暗中陷害高拱，张居正觉得十分冤枉，难过得几乎想自杀明志。

张居正回想人生行路，步步艰难。当年饱受奸臣严嵩的窝囊气，爱妻顾氏又突然因病去世，长期以来，他身体一直不健康。如今虽然手握大权，却步步坎坷、满地泥泞，精神压力极大；有时想想，人生好没有意思，甚且不想活下去了。

其实，想自杀不奇怪，许多伟人如王阳明，也曾经想一了百了。张居正静下心来，把不如意的事搁在一边，忽然之间，张居正回忆起十二岁投考秀才时，荆州知府李士翱曾经摸着他的脑袋，无限爱怜道："孩子，你是一个了不起的人才，我有一种说不出来的直觉，有一天，你一定会成为皇帝的老师，你要为国珍重啊。"

谁也料想不到，张居正今天果然要成为明神宗的老师了。张居正猛拍一下脑袋，自言自语："我怎可因为一些小人嫉妒就自暴自弃呢？这样的话我对得起李荆州吗？"可不是吗？不招人嫉是庸才，虽然一路上打击不断，毕竟仍有许多热心鼓励的啦啦队啊。

就在这一刹那间，张居正走出了人生的低潮。他把一切名利、地位、荣誉全部抛开了，他对自己说："从今天起，什么都不必管，我把我整个生命完全贡献给大明朝。"

张居正第一件要做的事，就是要得到明神宗、李太妃，以及小皇帝明神宗身边红人冯保的完全信任。

明神宗即位不久，有一天，这个小皇帝召见张居正，对他说：“朕希望为母亲加徽号。”

明神宗的亲生母亲是李贵妃，按照明朝的规矩，她应该只是李太妃，当不成李太后，更不能加徽号。所谓徽号乃是中国古代，在帝后的尊号之上再加上一些褒扬美丽的名词。

张居正记得明世宗即位时，曾经希望将亲生父亲兴献王入太庙，闹得天下大乱。在张居正务实的观点看来，名称不重要，如何把国家治理妥当，让人民安居乐业才是重点。

因此，他爽快地答应了明神宗的要求，加陈皇后为仁圣皇太后，李贵妃为慈圣皇太后，仁圣、慈圣地位并尊，无形之中，大大提高了李贵妃的地位。李太妃——不，现在是李太后了，心中大为高兴。

李太后高兴了，却惹得一些读书人不开心，认为张居正不守礼法，并且批评他：“害了高拱还不够，为了权位，竟然让出身不佳的李贵妃也加了徽号，没有见过这么会拍马屁的，不晓得书都读到哪里去了。”

一次又一次的诋（dǐ）毁，让张居正放下了捂住耳朵的双手，任凭各种谩骂传进耳朵中，他在学习、习惯被中伤。

李太后本来也是出身寒微。她的父亲李伟，由于嫌乡间盗匪甚多，颇不安靖，因此避难北京。后来生活熬不下去，不得已之下，将女儿送到宫中当宫女。李太后自幼聪慧美丽，而且落落大方，身上自有一股强烈的安定力量，很快得到了明穆宗的宠爱，并且生下了明穆宗的独子，这才平步青云，当上了太后。当年她哭哭啼啼，挥别父母、踏入宫中之后，做梦也料想不到有这一天。

中国人有一句话：“穷算命，富烧香。”李太后发达了，总相信这一定是佛菩萨保佑，一来还愿二来积德，她开始到处建庙修桥。

每一次，张居正总是写文章，推崇李太后，毕竟这是做好事啊，信不信佛倒不是重点。所以他写了“祝圣母诗”、“恭颂母德诗”……，自然也是为了博得太后的好感，有利于他的执政。

张居正推崇李太后，自然有人看不顺眼，有人在背后攻击，一些是是非非的闲话多得不得了。渐渐的，张居正了悟了，如果要完成人生的使命，必须承担所有毁谤。他一步一步爬出了泥淖（nào），走过了情绪低潮，他决心“愿以深心奉尘刹，不于自身求利益”。

# 明神宗喜爱元宵灯火

明神宗幼年即位，由宰相张居正辅政。张居正大权独揽，励精图治，前前后后共计十年。这十年之中，可以说是明朝的黄金时代，也可以说是张居正的时代。

张居正当国的时候，他一共有三个最重要的人物要应付——李太后、明神宗，以及神宗最相信的太监冯保。

明神宗亲昵地称呼冯保为“大伴”或是“大伴伴”，十岁的小皇帝一天也离不开大伴。张居正一方面要拉拢冯保，一方面他牢牢记着过去王振、刘瑾宦官为恶的历史。张居正用的是围堵的方法，把冯保关在一个小圈圈之中，偶尔做一点小小坏事、越轨的举动，只要不干政，张居正就睁一只眼、闭一只眼，装作没有看到。

基本上，冯保和一般宦官相同，都是不安分的人。平心而论，比起魏忠贤、刘瑾，冯保算是乖乖牌了，甚且称得上忠实谨慎。因此，后来冯保要过瘾，要预先修自己的墓穴，张居正都帮他忙，他只希望冯保自寻快乐，少插手政治。这一点，张居正拿捏得恰到好处，在张居正当政的年代之中，内阁与司礼监之间，竟然没有发生过任何冲突，真是相当不容易。因此，张居正曾经用“仁智忠远”四个字赞美冯保。

张居正安抚了李太后，拉拢了冯保，接下来他要做人生中最重要的两件事——教育明神宗，带领国家富国强兵。

张居正正如其名，永远站在“正”的一边，他眉目轩昂、高大英俊、长须垂胸，非常威严、非常神气；笑起来很灿烂，不笑的时候实在有点严肃，谁都有点怕他。张居正重视仪表，每天上朝的袍服都是整整齐齐，褶痕分明，就像是新衣服一样；头脑清楚、一针见血，绝不是传统中模棱两可的官僚。

张居正认为，小孩子的教育非常重要，他永远记得与他同年龄的宪炜从小不学好，惹得宪炜的母亲毛妃天天生气。张居正也害怕，明朝可别再出现第二个像正德皇帝般荒唐透顶的皇帝，所以他决心要把明神宗带上一条正路。

小皇帝起初对张居正是全心依赖。他到底只有十岁，初掌朝政，完全陌生，开口闭口都是“元辅张先生”。李太后管教儿子一向严格，而且她要训练儿子对张居正的畏惧与服从，每次明神宗犯了过失，李太后就会板起脸来教训他说：“如果这件事让张先生知道了，该怎么办？”

小皇帝就吓得不敢开口了。在小皇帝心目之中，最亲近的是冯保、李太后与张居正。同样的，这三个人也是他害怕的，张先生当选他害怕的第一名。

明神宗的父亲明穆宗在隆庆六年（1572年）五月去世，十五天以后，明神宗即位。到了十二月，接近年关春节了，张居正在讲课之后，严肃地向皇上启奏：“先帝丧期未过，春节期间，宫中请勿设宴，禁止元宵节玩灯火。”

明穆宗过世未满一年，一切娱乐停止，原也是应当之事。所以小皇帝乖乖点头，“烟火灯架，昨天已下谕免办。”想了一想，他又加了一句，“其实，宫里面一向节俭，母后经常吃素，遇到节庆，也不过加上一些甜食果品。”

张居正十分欣慰道：“如此一来，不但显现陛下追思先帝的孝顺，同时节财俭用，自是人主的美德。”

于是，神宗下谕光禄寺“春节期间，宫中一律免办酒菜”。据说单单这个措施，足足节省了七万多两银子。

元宵龙灯，清人绘。

当然，明神宗毕竟是个孩子，心中向往玩乐；其实成人又何尝不然？他对元宵灯火一直有兴趣，记得小时候，他最爱看鳌（áo）山灯，这是顶热闹的元宵灯景，把亮灿灿的灯堆成一座山，就像传说中的巨鳌一般（鳌是海中的大乌龟），称之为鳌山灯，在黑夜之中一闪一闪的，既光彩夺目又热闹非凡。

到了万历二年（1574年），明穆宗已经过世三年了。明神宗在年关之前，小心翼翼地请教张先生，“今年元宵，可以恢复鳌山烟火了吗？这是祖宗传下来的制度。”

张居正早就料到小皇帝会有此一问，他不疾不徐地回答：“这可不是祖制，成化年间用来侍奉母后用的，当时的翰林就反对，以后嘉靖用以奉神，一直到先帝才在元宵使用，太浪费了。”

明神宗被浇了一盆冷水，只好讪（shàn）讪地说：“把灯挂在殿上也一样，朕知道民间穷困，一切就听张先生的。”

# 张居正讲历史故事

明朝宰相张居正在还是小孩子的时代，就曾经有高人预测他“将来必为皇帝的老师”。果然，他成为十岁小皇帝明神宗的老师。他秉承《三字经》中所谓的“教不严，师之惰”，非常严格地教育明神宗，这下子明神宗的日子可不轻松了。

张居正对于明神宗课程的安排，很费一番心思，这也是李太后再三嘱咐要求的。小皇帝有两位教书法的老师，五位主讲经文的老师，全是张居正一手任命的，有时候他还亲自讲授。张老师十分威严，明神宗心里很怕。

明朝的皇帝教育，分为两种，一是经筵、专题讲座；一是日讲，这是普通课程。经筵是极为隆重的大事，每逢二日、十二日、二十二日举行。举行经筵的时候，凡是勋臣、大学士、六部尚书、左右都御史、翰林学士全部到齐，由翰林院春坊与国子监祭酒讲授经史。

经筵通常在早朝以后举行，皇帝在文华殿接见百官之后，鸿胪寺卿搬一张桌子在御座之前，另外一张在数步之外，为讲官所设，其他听讲的官员，分别坐在书案左右。

讲官个个都很有学问，不过，通常也非常枯燥，但是从皇帝开始，个个聚精会神，谁也不敢打瞌睡。平常的日讲，则没有其他官员，当皇帝的课程沉重，负担可不轻。

每学完一段课程之后，授课老师可以到休息室小憩（qì）。小皇帝却是不得清闲，这时候，大伴冯保与其他宦官，就会赶紧把当天大臣上奏的本章送上来，这些本章已由大臣们看过，用黑色的墨笔写上意见，由小皇帝用红色的朱笔批示。

中午的功课终于完毕。在文华殿用餐之后，下半天的时间虽说是“自由活动”，事实上都要复习功课、练习书法以及背诵经文。

其中，背书是明神宗最头痛的一件事，但是却绝对不敢偷懒。因为张居正第二天要抽背，若是背书背不来，李太后就命小皇帝罚跪，这一跪，三四个小时是常有的事。

张居正本质上是一个认真、严肃的人，他又一心一意希望把明神宗教导为明君，明神宗很是吃不消。张居正学富五车，每一段经文都滚瓜烂熟，因此当他瞪着比平常还大还亮的眼睛，直直地盯着小皇帝，考他的背书，小皇帝常常整个背都湿透了。

有一次，明神宗在背《论语·乡党》篇中的一段“君召便宾，色勃如也”，意思是说，国君派孔子为接待宾客的宾相，他一定变得容颜庄敬。小皇帝一个不小心，竟然将“色勃如也”背成了“色背如也”。

张居正立刻毫不留情地厉声指责：“应该读勃。”

明神宗望着张居正凛凛然不可侵犯的神色，突然之间大生反感。再怎么说，皇帝总归是皇帝，张居正岂可以用这种态度对待皇帝？

明神宗的脸胀得通红，内心羞愧无比。他用力咬住嘴唇，不让眼泪流出来。他幼小心灵中的愤慨，慢慢滋长着。但是一心为着大明朝的张居正，丝毫没有察觉到。

张居正为了教育明神宗，真是煞费苦心。他请人编了一套《历代帝鉴图说》，将“尧舜以来天下君主，值得效法的八十一件善事，值得警惕的三十六件恶事记载下来”，并且每一件事都画了一张图，张居正开始了“张先生讲历史故事”。

明神宗背多了“子曰”，看到这一套历史故事，开心得拍起手来，没有人不爱听故事的。

其中，明神宗对于建文帝的一段最有兴趣。建文帝就是明惠帝，他被明成祖赶下台之后下落不明，明成祖后来派遣郑和远征南洋，原因之一，就是当时谣传，明惠帝逃到了南洋一带。

明神宗问张居正：“建文帝真的逃走了吗？”

张居正回答：“国史对于这一段没有记载，先朝故老相传，建文帝后来是削了头发，化装成和尚逃了出去，到了正德年间，有人在云南庙中发现一首诗，上面写着：‘沦落江湖数十载，归来白发已盈头，乾坤有恨家何在，江汉无情水自流。’有一个御史看着奇怪，召来老和尚一问，这才发现老和尚竟是建文帝。”

明神宗对这一段极有所感，特别将这首诗抄在墙壁上，张居正反对，“这是亡国之事，不足为取。”他又努力把小皇帝注意力引到明太祖身上去。

# 明神宗调制辣面

张居正为了教导小皇帝明神宗，特别请人编了一套《历代帝鉴图说》，一共一百一十七则，每一则还附上生动的插图，开始了张居正讲历史故事。

小皇帝听得津津有味，平时也常常捧着这一套书，仔仔细细地研究。

有一天，他正在等张先生来讲故事，等了半天，张居正竟然没来，这是从来没有过的事。一会儿，小太监跑来说："张先生胃肠不舒服，躺在直庐休息。"

张居正太紧张了，长期以来，忧虑国事、教育皇帝，压力大得承受不住。每当季节变化，他就肚子不舒服，常常会拉肚子。

明神宗一拍手道，"朕听说肚子不适，吃辣面最好，这叫'以毒攻毒'。"

于是，明神宗兴匆匆奔到御膳房，吩咐道："给朕一碗干面条。"然后，他就在白煮面里搁了大量的胡椒、辣椒，快乐地捧着去找张先生。

"朕听说吃辣面对肚子最好。"明神宗恭敬地把面捧了上去。辣面如果对消化有帮助，那一定是对体质强健的肠胃，张居正素来消化器官虚弱，凡是辣椒、胡椒，一向敬谢不敏，碰都不敢碰。如今小皇帝亲手调制辣面，这一份心意不能不领受。

因此，张居正双手接过辣面，大口大口地吃着。辣面一下肚，他的胃就像着了火一般烧痛，但是他脸上还得装着一副好吃的模样。

明神宗瞪大了眼睛望着张先生，“好不好吃？”

“好吃，好吃。”

“这是朕第一次调制辣面，不晓得味道如何？”

“能够尝到万岁亲调的辣面，这是臣子的福气。”张居正由衷地感谢小皇帝。

说起来，明神宗的确表现不坏，每天天一亮就赶到文华殿听讲经书，无论隆冬盛夏，不分寒暑，坚持苦读，长达十年。他读书极为认真，有心得的地方，还用黄纸剪了眉批，插在书中间。

有一次，小太监捧着明神宗用的《尚书》，拿去给大臣们观看，大臣看到长短不一、插于书中的黄纸，小太监说：“皇上背书，非到精熟，不会取下。”臣子们都十分佩服，啧啧称奇道：“没想到皇上如此好学，比一般儒生还要用功。”

明神宗，选自《乾隆年制历代帝王像真迹》。

明朝的皇帝读书多半马马虎虎、敷衍敷衍，像明神宗这般用功的，倒还真不多见。他对于张先生也十分体贴，除了曾经亲手调制辣面，在天气炎热之时，看到张居正不断挥汗，便命令太监："还不赶快为张先生打扇。"到了冬天天气严寒，他也会命令太监："地板太冷，先铺上毛毯，张先生就不会受冻。"

张居正所受到的待遇，平心而论，明朝任何一个辅导皇帝讲读经史的大学士，没一个人比得上他。张居正十分欣慰，他发誓，一定要更严格地督促明神宗，唯有如此，才对得起李太后，也才对得起小皇帝明神宗。他忽略了应该多奖励，忘掉了明神宗毕竟也是个人，还是个小孩子。

明神宗书法写得奇好，简直可以称得上天才二字，他才十岁，就能写浑厚的大字，看到的人都连声赞美。据说文华殿匾额上的"学二帝三王治天下大经大法"就是他的御笔。

明神宗有这一方面的才能，当然不时要显一显、露一露，他在读经之后，往往当场提笔，写了几个大字送给臣子，例如送给张居正的是"元辅"，送给吕调阳的是"辅政"，张居正也上疏赞美神宗写得是"墨宝淋漓"。

接着，明神宗为了表示亲笔撰（zhuàn）写，特别召集臣子，参观他当场挥毫，即兴演出。短短时间，他就写了二十多张，精彩极了，明神宗也兴奋极了。

从此以后，明神宗花了更大心思在书法上面，甚且走在路上也对空书写，整个人沉醉其中，每天总要写上好几大张才过瘾。

一心期盼明神宗成为明君的张居正，又开始担心了。在他看来，当皇帝的，字写得差不多就可以了，用不着成为艺术家。他在万历二年（1574 年）十二月中，忍不住直率地上疏皇帝，"帝王之学，应当注重大事，汉成帝擅长吹箫，六朝梁元帝、陈后主、隋炀帝、宋徽宗都擅长文章书画，却都成了亡国之君。"

张居正冒着失去官位的危险，逼迫自己讲真话，因为谏诤不是为了标新立异，制造名声，而是为了推行仁政。

事实上，庙堂的骨鲠忠臣，市井的耿实小民，他们才是中国历史美丽的重现，他们相信天日昭昭，公义长存。

愿天佑中国。